KB155380

류 성 훈 산 문 집
The Places

장소들

—

장소에 관한 산문시

글·그림 류성훈

장소들 ― 장소에 관한 산문시

1판 1쇄 찍음 2023년 5월 22일
1판 1쇄 펴냄 2023년 5월 30일

지 은 이 류성훈
펴 낸 이 김경희
펴 낸 곳 시인의일요일

표지·본문디자인 노블애드
경영지원 양정열

출판등록 제2021-000085호
주   소 경기도 용인시 기흥구 연원로42번길 2
전   화 031-890-2004
팩   스 031-890-2005
전자우편 sundaypoet@naver.com
블 로 그 https://blog.naver.com/sundaypoet

ISBN 979-11-92732-06-0 (03810)

값 14,000원

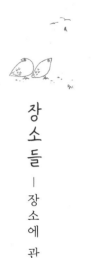

장소들

― 장소에 관한 산문시

제 삶의 처음을 지켜보시던 할머니가 어느 날 제가 태어난 병원에서 떠나시는 것을 지켜본 적이 있습니다. 그때 제가 본 병원은 병을 치료하는 곳이라기보다 병에 대해 짊어지는 곳이었고 삶보다는 죽음이 훨씬 가까운 곳이었습니다. 그때부터인지는 몰라도 저는 늘 조용히 죽음에 대해 생각하며 살아가는 것이 습관이 되었는데, 그것에 대해 스스로 늘 좋은 정서를 가지고 있으며 또한 바람직한 차원의 것이라 여기고 있습니다.

삶의 어느 것에서든 누구나 첫 단추가 매우 중요한데, 생각의 방식에도 첫 단추가 있다는 것을 이제는 압니다. 가령 슬픔을 표현하는 방식과 슬픔이라는 단어가 실은 너무나 멀리 떨어져 있음을 이해하는 것이 문학적 사유에 대한 첫발 같은 것이듯, 죽음은 우리 삶을 슬프게 하는 것이 아닌 더욱 강하고 의미 있게, 그리고 단정케 해 주는 것을 알았습니다. 동시에 그런 생각을 하게끔 하는 원천은 그 병원이라는 장소였다는 것에 대해서도 다시금 떠올립니다.

정신분석의 입장에 의하면 우리는 언어를 통해 사유합니다. 제가 문학과 시를 배우면서 알게 된 바 우리는 이미지를 통해 상상합니다. 또한 인식론적 입장에서 우리는 사물을 통해 경험합니다. 그리고 제 경험을 덧붙이자면 우리는 장소를 통해 추억합니다. 사람이 사람에 대해 혹은 세상에 대해 할 수 있는 인식은 '대상'이 없이 이루어질 수 없다는 점에서 사물과 장소는 모든 사유의 시작점이기도 합니다. 인칭이 아닌 주변의 일상적 몇몇 대상들을 '사물'로 정리했듯, 이 책에선 우리에게 현실의 모습으로 찾아오는 몇몇 공간들을 '장소'로서 받아들이고, 그런 사유를 통해 재정리해 보았습니다.

시간에 대해 알지 못하는 우리가 그것을 정리하고 측정하고 활용하며 또한 추억하듯이, 시작도 끝도 없는 세상에서 분명한 시작과 끝을 가진 채 태어난 모두에게 있어 모름에 대한 끝없는 인식은 고귀하며 또한 불가피한 양식이라는 생각을 합니다. 이 책에서의 장소들은 그런 우리의 짧은 삶 속에서 느끼고 어울리고 위로받고 보듬을 수 있는 방식으로서 우리가 모르는, 그리고 앞으로도 모를 시간과 대상을 아우를 방법에 대한 개인적 고민과 그 우매함으로서 현전합니다. 저는 그 우매한 과정들에 대한 개인적 사랑에 대한 기록으로서 《사물들》에 이어 이 책을 내어놓습니다.

본 졸문들은 개인적인 삶 속 보잘것없는 몇 가지 기록에 불과합니다. 동시에 이 글을 읽어 주시는 모든 보편적 당신에게 보내는, 지리멸렬한 삶들의 흔한 질료들과 끊임없이, 그리고 무료하게 얽히는 일상 속에서 어떻게 나, 그리고 나의 것들에 대해 사유할지에 대한 몇 가지 질료이자 글쓰기에 함께할 행복한 고민으로서 스며들기를 소망합니다.

2023년 여름
당신이 서 있는 모든 곳에서
류 성 훈

차례

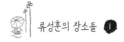

묘

선산

할머니는 자신이 묻힐 자리에 걸터앉아 할아버지의 봉분을 바라보고 있었다. 선산에 오르기에 더없이 좋은 날씨였다. 너무 쨍쨍하지도 흐리지도 않은 봄날, 마치 분만실에서처럼 산 자들이 떠나는 자를 씻겨 보내듯 묘지는 먼저 간 사람이 남아 있는 사람을 씻기고 있었다. 행사 식순처럼, 다음에 이곳에 왔을 때는 어떤 일이 있을지, 어떤 상황 어떤 마음일지를 모르는 사람은 아무도 없었지만 아무도 슬퍼하지는 않았다. 슬픔은 죽음처럼 성향의 문제가 아니라 다만 시간의 문제였으니,

굳이 필요도 이유도 없었을 것이다.

어른이라는 자각도 없이 거의 반평생을 지내온 나는 더는 꿈꿀 시간이 없는 삶, 하고 싶은 일을 상상하지 않는 삶, 나를 벌리지 않고 정리만 하는 그런 삶을 상상하지 못했다. 번호표 없이 모두에게 예약된 자리, 배우고, 느끼고, 평생 떠밀리듯 배워 온 교육된 세계와 내 선조들의 죽음 혹은 그 준비 앞에 펼쳐진 진실, 그 사이는 수습 불가할 만큼의 괴리만이 깊게 파여 있었다. 삶에게는 뭔가를 받아들여야 하느냐 그러면 안 되느냐만 있는 게 아니라 언제 받아들이는 게 좋은지와 같은 시기가 있기 때문에 그 과정이 더욱 고통스럽기도, 흥미롭기도 하겠지만 말이다.

사람의 죽음 자체는 너무나 거대하고 유일한 진실이어서 이젠 그게 진실이라 말하기도 지루할 지경이다. 하지만 인간에게 장례의 의미는 최소한 그것을 끊임없이 확인받기 위한 위로에 가깝다. 사람의 몸이 더 이상 내 것이 아니게 되면 그때부터 정신도 마음도 내 것이 아니게 되는 것을 오래 여러 번 보았으니까. 그렇게 우리는 정신이 먼저 떠나지만 실은 육체부터 끊임없이 슬금슬금 떠날 준비를 하는 것이다. 한번 홀연히, 그리고 요란스레 찾아와 서서히 그리고 조용히 떠날 준비만 하는 삶의 섭섭한 행태에 대해 나는 아직도 이해하지 못한다.

다시 갈 수 없는 곳

그날은 할머니가 지팡이를 짚고 본인의 힘으로 무사히 선산을 올라오신 마지막 봄이었다. 향년 98세를 마무리하실 때까지 그 많은 세월을 혼자 성당을 다녀오

묘

시던 할머니의 다리는 한번의 넘어짐으로 일어나지 않았고, 그때 걸터앉아 계시던 곳에 예정대로 누우셨고, 어려서부터 매년 찾아가 뛰어놀던 할아버지 할머니 댁은 남은 삶들을 위해 당연한 듯 처분되었고 다시는 찾아가지 않았다. 할머니를 선산에 묻은 날, 당신의 영정 사진을 들고 집을 한 바퀴 돌아 나오면서 그 집의 문을 마지막으로 닫았다. 우리 삶에 다시는 말할 수 없는 성역 같은 건 존재하지 않아야 옳지만 다시는 갈 수 없는 장소 같은 건 생기는 것 같았다.

아버지와 삼촌이 깎은 잔디 위에서 어머니와 고모가 깎은 사과를 떠난 이와 남은 이가 평등하게 나눠 먹던 봄날. 그 이후 할머니는 꿈에도 한번 나오지 않으셨고 내겐 정말로 잘 가셨기 때문이라는 확신뿐이었다. 할아버지는 딱 한번 오셔서 당신이 계신 곳이 너무 좋다고 자랑을 하셨고, 그땐 그런 꿈을 꿀 여유가 없던 때였으므로 왠지 더욱 안도되었다. 아직은 떠나는 게 무서운 나지만, 때가 되면 꼭 그런 식으로 가고 싶다고는 생각했다.

묘

추모공원

잘 죽는다는 건 어떤 걸까. 나는 부모님을 통해 그게 결국 잘 산다는 것이 어떤 것인지에 대한 고민과 똑같은 의미라는 것을 알았다. 남부럽지 않게 행복하게 살기 위해 평생을 바쳐 오던 당신들의 자세가 아무도 모르게 어느 순간 '잘 죽을' 준비에 가깝게 바뀌어 있다는 것을 알게 되고부터였다. 아니, 그들이 바뀐 것이 아니라 그런 삶의 고민과 태도가 늘 변치 않고 진심으로 일관될 때, 3자의 시선에서 보면 그렇게 자연스럽게 바뀌어 보이는 것이라는 생각이 들었다. 변한 것은 그들이 아니라 나였으니까. 당신들은 부쩍 당신들이 떠난 후의 계획에 대해 말하는 빈도가 는다. 나는 철없는 어린아이처럼 그때마다 가슴이 콱 막히지만 그것은 서글픈 것인 동시에 행복한 것이기도 하다. 죽음에 대한 인식과 삶에 대한 인식은 늘 삶 속에서 서로를 먹여 살리기 때문이다. 그런 인식 자체가 딱히 특별한 것은 아니지만 우리 모두가 항시 그런 인식론적 관점에서 삶을 대하며 시간을 보내지는 않게 마련이다. 아마도 그래서 잘 산다는 것에 대해, 라고 하면 별 거부감이 없지만 잘 죽는 것에 대해, 라고 하면 굉장히 사치스럽고 여유로운 사유로 생각하는 분위기가 있는 것 같다. 나는 어찌되었든 그 '여유'에 감사하고, 그게 우리 삶에 가장 소중한 것임을 부정할 일은 없을 것이다.

반평생을 혼자 사시던 외할머니가 돌아가신 후, 나는 부산에 갈 때 혼자 가끔 추모공원을 다녀오곤 했다. 우리의 삶은 아주 솔직하게 말해 이미 떠난 이를 위해 그렇게 많은 시간과 마음을 들일 수 있는 성질의 것이 아니고 이는 변명이 아니라는 것을 생활인이라면 누구든 알 것이다. 나도 내가 왜 그렇게 했는지 스스로에게도 정확한 해명을 하기 힘들지만, 확실한 건 그저 가고

묘

싶어서 갔을 뿐. 그저 이승도 저승도 모두 이승을 위한 것일 뿐이라고만 해 두자.

추모공원이라는 곳은 내겐 사실 견디기 힘든 곳이다. 사람마다 물론 차이가 있겠으나 거대한 성당처럼 너무 높은 건물 안 천장을 바라보면 오금이 저리거나 발이 잘 안 떨어지듯이, 내게는 봉안당(납골당)이 그렇다. 그곳에는 끝도 없이 펼쳐진 개인사와 가족사의 종점들이 있고 그 종점의 침묵 위에는 아직 살아남은 사람들이 떠난 이에게 영원히 전하기 위한 마음들이 새겨져 있다. '엄마, 이제는 편히 쉬세요, 늘 사랑합니다.', '○○야, 다음 생에도 내 아들로 다시 태어나 주길. 꼭 다시 만나자.', '아버지 하늘나라에서는 꼭 편히 쉬세요.', '다음엔 내가 당신 아들로 태어나 더 잘할게, 우리 애들은 걱정 말고 푹 쉬어, 영원히 사랑할게.'와 같은 말들이 가진 그 무게를, 나는 아무리 여러 번 가더라도 감당할 자신이 없기 때문이다. 반평생을 남편 묘소에 벌초하러 가던 당신이 이제 그곳을 현대화시켜 다시 세워진 곳에 따라 묻히고, 같은 방식으로 우리가 그곳에 그런 방법으로 묻혀 가겠지. 그러곤 살아 차마 할 수 없던 말들을 후회와 눈물 속에서 흔적처럼 짙게 전하기도 하겠지. 우리는 삶을 기억하는 방식과 잊는 방식을 생각할 것이고, 또한 그렇게 남은 삶의 무게를 버텨 갈 것이다.

묘

도
장
(道場)

다잡아 주던

어렸을 적부터 나는 공으로 하는 운동엔 별로 소질
이 없었다. 초보자가 농구를 하다 보면 손가락이 뒤집
혀 퉁퉁 붓는 부상을 자주 당하는데, 어릴 때 나는 농구
를 몇 번 시도하다 그런 부상과 고통을 당한 이후 금방
흥미를 잃어버렸다. 그나마 축구는 좀 더 자주 했지만
역시 오래 못 가기는 마찬가지였다. 운동신경은 그만그
만했어도 달리기만큼은 꽤 빨랐던 나는 열심히 운동장
전체를 누비는 것 하나만으로도 괜찮은 평가를 받았다.
이는 군대에서도 똑같이 적용되어 제구력은 다소 떨어

져도 쉬지 않고 뛰어다녀 전혀 욕을 믹지 않았다. 어쨌거나 여럿이 모이지 않으면 할 수 없는 단체 스포츠의 특성과 일상생활에 밀접해 있기 힘든 불수의성 등이 개인적이고 소극적인 성격과 맞지 않아 자연스레 멀어졌던 것 같다.

유아와 소아 시절부터, 몸도 마음도 유약했던 내가 스스로 강해지기 위해 처음으로 선택했던 것은 검도였다. 경찰관이었던 아버지가 처음으로 내게 권했던 무도는 태권도였는데, 초등학교 때 그것을 통해 처음으로, 사람이 하는 체육 활동이 스포츠만 있는 게 아니며 스스로를 정신과 극기 차원에서 다잡아 나가는 차원의 뭔가가 있음을 알게 되었다. 소년단 2단(2품) 정도를 받았을 때쯤, 나는 친한 친구 몇 명이 특이한, 그리고 굉장히 멋진 쪽빛 도복을 입고 수련하러 가는 모습을 보았다. 소년만화와 각종 액션영화를 좋아하며 자라던 여느 남

자아이들과 같이 검 등의 무기를 들고 하는 기술을 배우고 싶은 개인적 로망이 속으로 꿈틀거렸던 나는 부모님을 설득하여 결국 그 도복을 입는 도장으로 갔다.

　유년의 아버지가 태권도를 통해 그랬듯이, 내 질풍노도의 사춘기는 검도와 함께했다. 조금 극단적으로 말하면, 검도가 없었다면 아무것도 아닌 세월이었다. 그것은 불안한 나를 다잡아 주던 유일한 육체적·정신적 기준점이었고 부족한 자아를 받쳐 주는 소중한 자존감의 상징이었다. 감히 말하건대 나는 그 덕분에 미성년 시절 담배를 배우지도 않았고, 몰려다니며 나쁜 짓을 하지도 않았다. 축구, 농구 등의 스포츠가 가진 훌륭한 특성에도 불구하고 무도는 그 자체로서의 가치가 아니라면 결코 가져다주기 힘든 고고함이 있었다.

도장(道場)

관계와 조화

무도는 언뜻 보면 현대사회의 생활상과 전혀 맞지 않는 시대착오적인 콘텐츠로 보일 수 있지만 실은 정반대에 가깝다. 병기를 사용하거나 몸을 전술적 상황에 맞추어 육체와 기술을 단련하는 방법은 물론 전 세계 어디에든 있다. 하지만 길을 의미하는 '도(道)'자를 붙임으로써 육체적 차원을 넘어 자신의 모든 것, 혹 영적인 부분까지 단련하고 확장하는 특별한 방법론은 아주 드물다. 어떤 종류의 운동을 통해 자신을 극한까지 끌어올려 봄으로써 자신을 넘은 자신을 체험해 보는 차원의 자아실현 과정을 스포츠라고 표현한다면, 그 운동의 종류 자체에 대한 중요성보다는 상대를 통해 나를 보고 그렇게 발견한 나를 객관적인 세계와 조화를 이루게끔 하는, 다분히 친사회적이면서도 영적인 수련과정이 무도라고 볼 수 있다. 그 점에서 '무(武)'는 스포츠와

도장(道場)

비슷하면서도 조금 다르다. 다도가 차를 우리고 마시는 행위를 통해 상대를 대접하고 함께 세상과의 조화와 그 자리의 풍미를 느낌으로써 관계와 대상에 대한 감사와 소중함을 알아 가는 수련의 한 방법론인 것과 비슷한 접근으로 이해될 수 있다. 그 앞에도 역시 '도'자가 붙는 것은 같은 이유에서이다.

아이들에게 다도를 가르치면 물을 다루어야 하는 그 특성이 방만하게 뛰어다니는 아이들의 성정을 차분하게 가라앉혀 주고 자연스레 배려나 절제를 터득하게 된다는 점은 이미 널리 알려져 있다. 무도도 그 원리가 비슷한데, 고된 훈련을 통해 힘을 갖는다는 게 얼마나 어려운 일인지, 그리고 그 어려움을 통해 스스로에 대한 신뢰와 수많은 노력에 대한 겸허함을 자연스레 배우게 된다는 점만 생각해도 다도의 원리와 상당히 유사하다. 또한 그런 과정을 통해 서로에 대한 조심과 배려가 일상화되어 오히려 상대와의 마찰이나 충돌이 건강하게 줄어들게 된다는 점 등을 생각해 보아도 관계와 조화라는 지향점에서 보았을 때 이는 몹시 긍정적인 것이다. 어떤 시대보다도 예의와 배려가 중요해진 현대사회에 있어 개인에게 더욱 건강한 육체와 건강한 관계의 기술을 만들어 주는 방법이 있다면, 그보다 소중한 가치도 드물 것이다. 나는 한없이 부족하나마 인문철학을 공부해 왔음에도 펜으로 배울 수 있는 가치와 몸으로 부딪혀 배울 수 있는 것에는 엄연한 차이가 있다고 생각하는 쪽이고, 내 경우엔 그걸 무도를 통해서 배웠다.

도복을 개면서

친구들과 어울려 운동장에서 해질녘까지 공을 차다 들어오던 일상보다, 혼자 자전거를 타고 버스 두 정

도장(道場)

거장 거리를 왕복하며 호구를 쓰고 온통 때리고 맞으며 땀을 쏟고 돌아오는 일상을 택했던 학창 시절. 그때의 나는 말이 없이도 나를 곧게 잡아 주던 그 느낌과 가치에 대해 표현할 방법을 몰랐지만 이십여 년이 지난 지금에야 미약하나마 어느 정도 표현하게 되었고 그런 개인적 과거에 대해 후회하지 않는다. 기숙사에 갇혀 지내며 주말 주 1회만 외출이 허용되었던 고등학교 시절, 부산의 검도장에 주말마다 수련하러 갔다가 내 상황을 잘 알던 관장님이 도장 열쇠를 주며 그곳에서 숙식을 하게 해 주던 날들. 수능을 2년 남겨 두고 집을 정리해 먼저 서울로 떠난 가족들을 생각하며, 모든 게 불확실한 미래와 늘 마음속으로만 혼자 방황했던 진로의 막연하고 복잡한 마음들. 도장이 있는 상업시설 건물의 공중화장실 수돗물로 온몸을 씻고 도복을 이불 삼아 덮은 채 차가운 마룻바닥에 누워 생각하던 실체 없는 앞날들에 대한 걱정들. 함께 수련하던 친구들이 모두 그만두고 혼자 남을 때까지 이어진, 토요일 오후와 일요일 오전의 수련과 늘 소금기 가득하던 도복의 땀 냄새로 버텨 내던 그날들을 기억하며 그때를 사진 찍은 듯 기억하고 있는 지금의 내 유약한 영혼을 가끔 보듬기도 하면서, 어느덧 나는 나의 꽤 먼 훗날이 되어 이 글을 쓴다.

이제는 새 후배들과 함께 작지만 소중한 수련공간을 마련하고, 더 오래되고 더 새로운 기술들을 배우고 함께 텅 빈 바닥을 구른다. 그것이 수련이건 운동이건 간에 사람이 오롯이 자기 자신의 몸과 마음을 위해 준비된 공간이 존재한다면 큰 축복일 것이다. 아직 나는 뭐든 누군가에게 선생이 될 수준은 못 되지만, 배워 해 될 것 없는 소중한 가치를 가감 없이 말할 용기 정도는 가졌다. 접는 법이 까다로운 도복을 항상 똑바로 개면서 우리는 더 건강하게 나이 들고 싶고, 더 세련되고 부드러운 강함의 차원을 상상할 것이다. 이는 결코 소소하지 않은 가치와 소소하지 않은 행복. 감사한 생의 스승들에게, 모든 선한 의지들에게, 더 먼 훗날의 나에게 이 부족함을 추억처럼 호기롭게 보여 줄 것이다.

도장(道場)

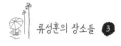
강가

기벽

생각이 잘 정리되지 않을 때, 하는 일이 막막하리만큼 풀리지 않을 때 나는 강가 노지에 간다. 글 쓰는 일을 하면서 문학이 인간에게 할 수 있는 방식 내에서 누군가에 대해 꽤 주효한 위로와 힘이 되기를 바라면서도, 정작 내가 힘이 나지 않을 때면 나는 뭔가를 찾으러 가듯 막연한 걸음으로 그곳에 간다. 가면 좋지만 자주는 가지 않길 바라는 기묘한 심정으로.

가끔 직접 발견한 포인트에 앉아 불을 준비하고 커

피 한잔을 끓여 마시며 뉘엿뉘엿 저무는 능선을 바라보다 캄캄해질 때쯤에야 돌아오는 나의 그런 기벽은 의외로 오래되었다. 사람이 건강한 정신을 유지하기 위해선 천천히 그리고 깊게 생각하는 버릇을 들이는 게 좋은데, 그렇게 천천히 생각하는 버릇을 들이는 데는 내 경험상 자연의 물을 바라보는 것만큼 효과 있는 것도 딱히 없었다. 자연. 자연, 이란 말을 좋아하지 않는 사람이야 거의 없겠지만, 실제 날것의 자연에 스스로를 던져 보면 생각보다 힘겹고 곤혹스럽다는 사실에 당황할 사람이 많을 것이다. 하지만 그것이 주는 복잡한 정서가 도리어 나를 다시금 곧게 잡아 주는 그 느낌은 각별하면서 서늘하고, 피로하면서 포근하다.

갠지스강이 있는 인도 바라나시에 가면 사람들을 끊임없이 매료시키는 중요한 요소 세 가지를 볼 수 있다는 이야기는 예부터 잘 알려져 있다. 흐르는 물, 타오르는 불, 그리고 구름. 나는 바라나시에 가 본 이후 이런 여행에 관한 말들은 대체로 거기를 미화시키기 위한 후천적 명분에 불과하다고 생각하게 되긴 했지만 그것들이 가진 성정이 한데 모여 있는 풍경은 분명 사람을 잡아 두는 근원적인 힘이 있다. 바라나시와 달리 대체로 아무도 없는 강물 앞에서, 불을 피우고 그 앞에 앉아 멍하니 저녁 구름을 보는 일은 오랜 시간 동안 내게 가장 아름다운 형태의 머무름이었다. 굳이 항공권을 끊고 여행 채비를 서두르지 않아도 되는, 비싸고 다양한 장비들을 잔뜩 짊어지고 오지 않아도 되는 최고의 순례.

버리고 오는 일, 비우고 오는 일, 태우고 오는 일, 묻고 오는 일, 낫고 오는 일이 모두 한가지일 때 우리는 그것을 순례라고 부르듯, 그런 방식과 마음으로 나는 강가에 간다.

노지

　　노지에 앉아, 불을 피우고 간이의자에 앉아 강물
쪽으로 멍하니 시선을 풀고 앉아 있는 사람들을 바라본
다. 자신이 좋아하는 대상, 특히 자연물 중의 어떤 것을
아무런 생각 없이 바라보며 우두커니 앉아 있는 행위를
요즘 말로 '멍때린다'고 하고 그 말은 대상과 합쳐져 '물
멍', '불멍' 등의 응용된 어휘가 많이 생기기도 한다. 이게
다분히 가볍고 우습게 보일 수도 있겠지만 생각보다 우
리가 아무 생각 없이 있기를 시도하기란 너무나도 어렵
다. 예컨대 참선, 묵상 같은 조금 더 고결한 느낌의 단어
들도, 실은 '생각하지 않는 법을 연습하기' 외의 별다른
의미가 아니다. 고통과 여러 문제들에 미쳐 버리지 않
기 위해, 우리는 각자의 '멍때림'이 필요하다.

　　죄수들이 수감생활을 오래 하면 어느 날부터 서로

족쇄의 크기를 자랑한다는 말이 있다. 고통이 자랑이 되는 시대는 결국 고통마저 무시당하는 시대와 연결되게 마련이다. 글을 쓰는 사람은 그런 면에서 가장 위험하게 노출되어 있고, 또한 그런 위치에 서서 상기의 비극을 막아야 한다는 점에서 문학인의 고통은 가장 근원적이고 파멸적이고 은밀한 것이다. 그런 현실에서 강을 보러 가는 일, 가서 조용히 앉아 있다 오는 일은 먼저 나부터 거꾸러지는 것을 막기 위해 필수적인 일처럼 느껴지기도 한다.

　우리는 의식이든 존재든 흐름이라는 개념 속에 있고 그것을 이해하는 방법 또한 여러 가지가 있다. 하지만 흐름을 보지 않고 인식만 하는 건 흐르는 것들을 보면서 인식하는 것보다 무섭다. 귀신이 무서운 이유는 그게 본 적 없는 것이기 때문이고 실체가 뭔지 모르기 때문이듯이, 우리가 어디론가 흘러가고 있다는 생각은 그게 어디인지를 모르기 때문에 피로하듯이. 결국 밤으로 흐르는 구름과 바다 쪽 하류로 흐르는 강물을 천천히 바라보는 일, 그리고 그 속에서 작지만 뜨겁게 타오르는 불을 준비하고 그것을 다루는 일은, 생각을 줄여 주지는 않더라도 생각의 끝이 어디일지 가늠해 줄 순 있다. 강 앞에서 머리 복잡한 한 사람의 '멍때리기'는 그렇게 참선처럼 이뤄진다. 저물녘이 이제 그만 가 보라고 바지를 툭 툭 털어 줄 때까지, 생각의 뼈들을 다 식은 재와 함께 돌덩이 아래에 묻고 돌아올 때까지. 흐름이라는 시간적 관념의 실제를 귀신처럼 바라보게 될 때까지.

순례

장작 몇 개, 작은 주전자와 커피콩, 땅을 훼손하지 않고 불을 지필 수 있는 화로대와 접이식 의자 하나, 잘

벼린 나이프 한 자루, 배고플 때를 대비해 불에 올릴 수
있는 코펠 하나와 라면 한 봉지만 있어도 이 작은 순례
의 준비는 끝난다. 자리를 다듬고, 나이프로 나뭇가지를
다듬어 코펠 걸쇠와 조리대를 짜고, 태우기 좋은 크기
로 장작을 쪼개고, 부싯깃을 이용해 나이프로 불을 피
우는 일련의 과정을 직접 해 보면 생각보다 많은 것을
배울 수 있다. 가령 집에서 평소 쉽게 처리되는 식생활
과 수면의 편리함이 야전에서는 얼마나 터무니없는 일

강가

인지, 보기에는 아름답던 자연이 실제론 그 선입견에서 얼마나 동떨어져 있고 건조하고 가차 없는 타자에 불과한지, 그리고 인간이 혼자나 소수로 남겨져 있을 때 얼마나 연약하고 형편없는 존재인지 등을 몸소 깨닫기에는 그리 오랜 시간이 걸리지 않는다. 그 와중에 작은 편리 하나씩을 내 칼끝과 손끝에서 이루어 갈 때 오는 더 작은 평화들이 얼마나 매사의 감사함을 환기시키는지를 처음 체험해 본 사람은 놀랄 것이다.

나도 아직 젊어서 그런 의도적 불편함을 별 거리낌 없이 시도하고 있는지는 모른다. 하지만 매사를 '향유'보다는 '배움' 쪽에 더욱 무게를 두려는 내 기벽 같은 성향을 기준하여 보자면 준비도 행동도 조금씩 단순하게 바뀌어 가는 것을 경험했다. 그런 방식은 명품 의류가 시장판 의류보다 오히려 색상이나 디자인이 검소해 보이는 것처럼 사람을 더욱 깔끔하고 질박하게 해 주는 경향이 있다. 물론 그 기벽의 태도는 순례의 방식처럼, 스스로에게 한정되어야 더 좋겠지만 말이다.

부시크래프트 교본을 보고 익힌 기술들을 연습해 보고자 야산에 들어갔다 온갖 고생을 한 후 처음으로 나만의 강변 노지를 찾고 열광하던 날. 자전거를 타고 국토 종주길을 떠나 길고 긴 남한강을 종주하며 한강이 언론에서 말하는 것과 달리 그렇게나 깨끗하고 아름다운 강이었는지 처음 알았던 날. 후배와 겨울 한탄강에 함께 가서 불판 대신 돌을 가열해 고기를 구워 먹고 뒷정리를 하며 저녁 강물에 삽을 헹구는 내게 정희성 시인의 〈저문 강에 삽을 씻고〉가 생각난다는 우스갯소리를 듣던 날. 내 청춘을 고스란히 갈아 넣었던 첫 시집이 잘 되길 바라며 친구와 함께 여러 유치한 염원들을 삐뚤빼뚤 적은 풍등을 저 먼 하늘로 날려 보내던 날 등을 기억한다. 언제나 선행하던 불안과 근심들은 있었고, 그

강가

앞에 아직은 생이 버티고 있으니, 생의 이후가 이전처럼 흐를 강으로 가자. 당신의 내민 손을 잡아 주듯 가끔은 내 손 또한 잡고, 강가로 떠날 준비는 강에서 떠날 준비가 된 것처럼. 늘 우리의 어깨를 짚는 곳으로.

강가

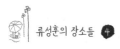
서
재

지적인 로망

대개의 사람들이 생활에서 갖는 로망 중 가장 지적인 것이 있다면 자신만의 서재를 갖는 일이 아닐까. 그게 로망까지는 아니더라도, 설령 생각해 본 적이 없다 하더라도, 가능한 한 집에 당신의 서재를 갖추는 쪽이 좋지 않느냐고 묻는다면 딱히 그렇지 않다고 말할 사람은 거의 없을 것이다. 물론 책을 집에 몇 트럭씩 쌓아 놓는다고 해서 우리 머리가 똑똑해질 리는 없다. 그러나 방 한 칸에 홈짐을 꾸려 놓기만 해도 금방 우리의 몸이 멋지고 건강하게 바뀔 듯한 희망이나 그게 쉽게 가능

서재

해진다는 기대감을 직접적으로 받을 수 있듯이, 서재는 우리가 금방 혹은 쉽게 지성을 쌓을 수 있나는 긍정적 만족감을 준다. 장소가 사람에게 주는 심리적 에너지는 그만큼 크다.

인식이 지성을 갖추는 일은 우리의 육체가 멋진 몸매와 최상의 컨디션을 유지하는 것 이상으로 어려운 일이다. 육체의 건강과 아름다움을 얻는 것 또한 피나는 노력이 요구되지만 습관과 반복을 통해 어느 정도나마 가능하다면, 지성은 끊임없이 의심하고 갈구하고 확장하고 변화해야 한다는 점에서 조금 다르다. 아니, 도리어 의심하고 갈구하고 확장하고 변화해야 한다는 점을 끊임없이 인식하는 것 자체야말로 우리에게 진짜 지성을 가능하게 해 주는 것일지도 모른다.

사유의 거울

우리는 쉽게 얻을 수 있는 것이나 쉽게 성취할 수 있는 것을 로망이라고 부르지 않는다. 서재가 아직도 많은 사람들의 로망일 수 있는 이유는 미리 구축해 놓을 수도, 금방 그것에 표상되는 만큼의 지성을 갖출 수도 없기 때문일 것이다. 책은 사람이 만들고 사람은 책이 만든다는 얘기는 언뜻 접하기엔 멋져 보이지만, 결국 책도 거짓말한다는 진실과 귀결된다. 사람은 자신의 이익을 위해 얼마든지 거짓말을 하는 존재이고, 그런 존재가 쓰는 것들이 책이기 때문이다. 그래서 책 이야기가 나오면 가장 중요한 것은 얼마나 많이 읽느냐, 보다는 무엇을 어떻게 읽었느냐, 다. 진실로 지성을 갈구하고, 책을 사랑하는 사람의 서재에는 그래서 거짓말하는 책 혹은 거짓 진실로 포장된 것으로 읽히는 책들이 애초 꽂히지 않거나, 있어도 오래 남아 있지 못한다. 거짓말하는 책. 그 경박성의 여부는 두 가지, 세월과 시장이 판단한다. 그래서 좋은 책은 검증에 시간이 필요하고 그렇게 이뤄진 검증이 책이 가진 대개의 진실성을 세워 주므로 책을 통한 우리의 지성이 쉽게 갖추어질 수 있을 리가 없는 것이다. 반대로 생각하면 그것은 그래서 가기 힘든 나라이고, 그래서 로망이고 아름답기도 하다.

모든 서재가 앞서 말한 것처럼 만들어져 간다면 책은 거짓말해도 서재는 거짓말하지 않을 것이다. 서재가 지성을 만드는 게 아닌, 지성이 만들어 가는 서재. 그곳은 주인이 어떤 사유를 통해 살아왔는지를 표상해 주는 거울이며, 거울 역할을 하는 장소가 있다는 것이 곧 지성이 가진 아름다움과 진실됨의 가능성을 보여 준다. 우리가 누군가의 서재를 보았을 때에는 도서관이나 서점에 갔을 때의 느낌과는 전혀 다른 울림을 받는 이유

가 거기에 있다. 가나다순 혹은 장르나 주제에 따른 분류가 아닌 한 사람의 생과 사유에 따라 오롯이 분류되어 온 책들. 그것은 얼마나 많이 보았느냐가 아니라 무엇을 보았느냐가 개인적 사유의 행로와 깊이를 가늠하는 지적 기준이 된다는 것을 여실히 보여 주는 지표가 된다. 또한 그 사람처럼 세상에 하나뿐인 공간으로서의 정체성이 되기도 한다.

서재

내면 같은 소리 하고 있네

  우리는 상대방이나 대상을 마주할 때 겉모습이 아
니라 그 내면을 바라봐야 한다는 투의 교조적 담론들
을 지겹도록 들어왔다. 인간은 끊임없이 진화하고, 그
에 따라 대상을 바라보는 방식이 진화하면 그 바라보
는 방식을 이용하는 방식도 진화하게 마련이다. 그래서
사람들은 자신을 부풀리기 위해 내면이 더욱 훌륭해
보이게 하는 방법들을 다양하게 개발했고 그것은 법이
허용하는 한도 안에서(적게는 법 밖으로도) 고도화되
어 왔다. 그것은 겉모습이 사람에게 주는 인상이야말로
빅데이터, 라는 인식을 재생산하는 방식으로, 지성적
차원과 같은 무형의 가치보다는 눈에 쉽게 보이는 겉
모습에 더욱 치중하는 현상을 가속화시켰다. 그에 따라
자연스레 현대의 내면적 가치는 겉으로 보여 줄 무기
가 일천하거나 부족한 사람들만 강조하는 인지부조화

적 자위행위 혹은 정신승리의 이면에 불과한 구차함으로 치부되기까지 한다.

　나는 이런 일련의 현상들이 자못 슬프기도 안타깝기도 하다. 사람에게 외면도 내면도 모두 아름답기 어려운 건 마찬가지다. 그러나 좀 더 어렵고, 좀 더 오래 가고, 좀 더 모두의 내일을 유익하게 하는 쪽만은 그래도 내면적 가치에 가깝기 때문이다. 나는 인간의 본성을 내면과 외면으로 나눌 수 있다고 가정했을 때 내면의 차원이 외적 차원보다 우월하다는 식의 현학적 헤게모니에 빠진 헛소리를 믿지 않는다. 다만 작금의 세상은 이 모두를 아름답게 가꿀 수 있을 만큼의 여유를 인간에게 도무지 허용하지 않을 정도로 가혹해져 있기에, 가뜩이나 어렵고 비효율적인 지성적 가치는 그래서 더욱 우리에게서 멀어지는 것 같다. 시장 원리와 인간의 자유의지가 그것을 대대적으로 막아서야 할 필요를 느낄 때까지, 늘 연약했고 더욱 연약해진 지성이 그것을 막을 방법은 딱히 없어 보인다. 늘 그래 왔듯이. 특정한 사상 이념의 대립보다 무서운 것은 소중한 가치의 상실과 같은 인간의 야만화이기 마련이니, 대개의 지식인들이 살면서 느꼈던 지성의 무력감이란 그와 비슷했을 것이다. 들뢰즈가 그랬고 벤야민이 그랬고 아쿠타가와 류노스케가 그랬고 마야콥스키와 슈테판 츠바이크가 그랬던 것처럼.

화단 가꾸기

옛날 국정교과서에도 실렸던 이규태 선생의 〈짚신 짝 하나〉라는 수필에 그의 유년 시절 할머니가 가꾸던 화단 이야기가 나온다. 모든 걸 아껴도 너무 아끼던 그의 할머니는 화단의 경계석을 만드는 대신 빈 음료수

유리병들을 거꾸로 묻으며 화단을 완성해 나갔는데, 병이 구해질 때마다 하나씩 묻는지라 본인은 결국 한번도 화단이 완성된 것을 보지 못했다는 이야기가 있다.

나는 우리가 어떤 사람이었는지를 증명하는 건 우리가 하던 행동과 우리 지성의 행로, 단 두 가지뿐이라고 생각한다. '나'라는 작지만 더 아름다운 화단을 가꾸기 위해 책을 사고 버리길 반복하며 조금씩 늘려 가는 장소. 그곳을 나는 편의상 서재라고 부른다. 정확히는 서재의 형태가 되어 가는 진행형의 골방에 불과하지만. 그곳에 서서 나는 그동안 쌓아 온 것들을 자주 돌아보곤 한다.

지성적 자아들의 로망. 그리고 아직 우리의 깊은 사유와 지적 면모를 소중히 생각하는 부류들의 아름다운 표상을 문명화된 뇌와 함께 만들어 가는 길. 그 고독하지만 소중하고, 힘겹지만 아름다운 그 화단에 나는 얼마나 많은 유리병을 묻어 세워 왔는지 생각하며 늘 돌아보고 다짐한다. 나는 얼마만큼이나 진실하게 지성적 행보를 쫓아왔는지, 그리고 내가 쓰는 글들은 얼마만큼 진실한 책으로 신뢰받을 수 있을지. 늘 미완성인 나와 내 서재의 실존을 향유하며 나는 이 과거형의 장소를 통해 끝없이 사유할 것이다. 또한 한없이 약하고 보잘것없는 내 목소리나마, 그들의 슬픔과 고뇌에 실낱같은 목소리에 보태기 위해 이런 이야기들을 계속해 나갈 것이다. 육체는 늘 야만화, 뇌는 늘 문명화할 수 있는 지성적 독려를, 그 속에 피어나는 아름다운 실존적 진실을 위해 끊임없이 고민할 것이다.

서재

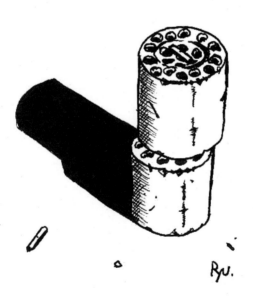

Ryu.

고향

신기루

문학사 강의에서 학생들과 함께 정지용의 〈향수〉라는 시를 읽어 보던 중 문득 알게 된 사실이 하나 있다. 지금의 학생들은 〈향수〉에서 노래하던 고향의 이미지나 회귀적 정서를 대체로 공감하지 못한다는 것이다. 우리가 교과서에서 배우던 시절의 풀이와는 달리, 넓은 벌에 실개천이 휘돌아 나가거나 얼룩빼기 황소가 금빛 게으른 울음을 울거나 질화로에 재가 식어 가거나 엷은 졸음에 겨운 늙으신 아버지가 짚 베개를 돋아 고이시는 것이 향수와 무슨 관련이 있는지 그들은 이해하지 못했다. 이는 그런 고향의 이미지가 그냥 '옛것'에 불과하다 거나 '촌스럽다'거나 '식상하다'고 보는 단순한 차원이 아니라, 그 자체가 왜 아련한 추억이고 그리운 심상인 지 이해되지 않는다고 말하는 층위의 문제였다.

생각해 보면 그리 이상하기만 할 것도 아닌 것이, 정지용은 일제강점기에 활동하던 시인이었고 〈향수〉 는 1927년에 발표된 작품이니 지금으로부터 100여 년이 나 지난 정서를 담고 있다. 그런 걸 감안하면 옛날 사람 이 추억하는 고향과 현대를 사는 사람들의 고향 의식 이 비슷하기를 기대하는 것이 더 이상한 일일 수도 있 을 것이다. 하지만 나는 아직도 얼룩빼기 황소가 금빛 울음을 울던 고향을 가진 사람이 지금은 몇이나 있을까 생각해 보았다. 여기서 다소 공격적인 생각도 들었다. 어쩌면 고향, 이라는 그 말 자체가 우리를 오랜 세월 붙 잡아 온 신기루일 수도 있지 않을까?

돌아갈 수 없는

어렸을 적 여름방학 때 혹은 명절날 할아버지 댁으로 가면 그곳은 광역시(당시에는 직할시라고 불렀다)였음에도 할아버지가 가꾼 모과나무와 탱자나무가 서 있는 마당이 있었고 문밖에는 풀밭도 텃밭도 있었고 언덕도 있었고 심지어 돼지우리도 있었다. 거기서 친척들이 모여 만든 음식으로 제사를 지내고 지방을 태우고 음복을 하고 옛날 음식을 먹었던 기억, 사촌들과 복개되기 전의 하천에 내려가 더러운 줄도 모르고 물놀이를 하던 기억, 할아버지가 직접 키운 커다란 탱자를 얻어 왔던 기억 등 나의 고향에 대한 기억은 확실히 도시적인 것과는 거리가 있다.

고향에는 또한 공업지역도 있었는데, 그곳 들판 임야에 생긴 웅덩이 같은 데서 친구들과 개구리나 도롱뇽을 잡으며 자주 놀았다. 그런 게 어떻게 그곳에도 있었을까 자못 궁금해지기도 하시만, 내 경험상 도시적이라고 흔히 부르는 것들에 대한 선입견과 예전 고향으로서의 도시는 조금 차이가 있었다. 농가를 구경도 못해 본 채 부산에서 공무원 아들로 태어나 공립초등학교를 다니면서 자란 한 아이가 맹꽁이와 두꺼비, 참개구리와 금개구리, 고추잠자리와 된장잠자리를 쉽게 구분할 수 있고 진달래와 철쭉을 구분할 수도 있고 참새 사냥하는 덫을 설치해 본 적 있다고 한다면, 아마 대부분 믿지 않을 것이다.

농촌 출신도 아니고 도시화·산업화가 다 이루어진 이후에 태어난 세대인 나도 고향, 하면 지금보다 규모가 훨씬 작을 뿐 콘크리트 아파트를 떠올리므로 다분히 '도시적' 향수를 갖고 있어야 옳다. 하지만 상기의 학생들과 조금 다른 게 있다면, 전원적 정서, 농업 중심 세대의 일상적 풍경, 대가족 등의 옛 정서와도 별 거리감이 없다는 것이다. 그래서 내가 속한 세대는 어떤 면에서 참 곤혹스러운 위치에 있다는 생각이 든다. 언뜻 정서적 차이가 큰 두 세대 간 근본적으로 다른 고향 인식 사이에서 양쪽 모두를 이해함과 동시에, 전혀 타협이나 소통이 불가능하다는 진실 또한 이해하는 고통이 병행된다는 모순점을 가지고 있기 때문이다. 그렇지 않았다면 애초 정지용 시를 다뤄 볼 생각조차 하지 않았을지 모르고, 무엇을 그리워해야 할지도 모르는 새로운 마음들에 대한 고민도 없이 개인적이고 막연한 그리움만 오래 묵혀 왔을지도 모를 일이다.

고향이란 뭘까. 〈향수〉를 읽다가 학생들에게 어느 날 그런 질문을 던져 봤지만 나의 의도는 고향의 사전적 개념을 설명해 주기 위해 던진 현학적 떡밥 같은 게 아니었다. 단지 나도 잘 몰라서 그들과 함께 생각해 보고 싶었다. 돌아갈 수 없는 진실을 갈망하는 개념이자 그렇게 가슴속에 만들어지는 이상향. 즉 돌아가고 싶지만 돌아갈 수 없는 그곳을 부르던 이름인 고향. 그런데 돌아가고 싶은 마음 없는 세상이 온다면, 고향은 어떻게 되는 걸까.

그리움이라는 사치

힘들고 막막할 때, 뭔가가 그리운데 그게 무엇인지도 알 수 없을 때, 나는 가끔 혼자 멀고 먼 고향에 가 보곤 했었다. 결과적으로 운이 좋은 것인지 나쁜 것인지는 모르겠지만, 내가 고향에 가면 아직도 거의 모든 것들이 남아 있었다. 내가 태어나고 뛰어놀던 건물, 젊은 부모님과 함께 어린 내가 학교를 다녀와 산책을 나오던 바닷가와, 돌아가신 외할머니가 우리 남매를 보러 오시던 아파트 등이 모두 그대로 있는 그곳을 수십 년 후의 내가 찾아가면, 유년의 내가 아직도 잠자리채를 들고 거기 서서 나를 기다리고 있는 느낌이 들었다. 남지 않은 것은 사람뿐. 나마저 떠난 자리에서 만나는 유년의 나를, 안아 주기도, 타박하기도 하면서 나와 고향과 대화하다 오면 더욱 생생해지는 시간들이 조금은 가역적일 수도 있겠다는 착각마저 들었다. 그러고는 모두가 떠나온 것처럼 다시 떠나면, 고향을 만난 나와 만난 적 없는 나의 다른 모습을 발견하듯 지나온 물길을 되돌아 볼 수 있었다. 그런 일을 반복하면서 나는, 어쩌면 그게 과거에 대한 집착 때문이 아니라 현재의 무사를 확인하고 싶었기 때문인지도 모른다는 생각도 들었다.

하지만 그때 같은 시절을 살았던 나의 가족들은 생각이 좀 다르다는 걸 알았고, 적잖이 놀라기도 했다. 누나는 굳이 그 먼 곳을 목적도 없이 왜 가냐는 식이었고, 부모님은 내 정서를 이해는 하되, 그곳을 나처럼 그리워하지는 않았다. 지금이 그때보다 모든 면에서 더 나은 삶이기 때문이라는 게 주 이유였고, 나는 그 점에 행복하게 동의하기도 했다. 한 지인은 내게 '그건 네가 결혼을 하지 않기 때문'이며, '새로운 가족이 생기거나 나보다 더 중요한 생이 생기면, 그런 것에 점점 무덤덤해지게 될 것이다'는 얘기를 했고, 나는 뒤통수를 맞는 느낌을 받기도 했다. 세상은 분명 잊어야 버텨 갈 수 있는 부분이 있다는 것. 나는 그걸 이제야 인정할 때가 되었다는 뜻으로 받아들이는 중이다.

결국 고향, 이라는 말은 그 말이 가진 시적 환상성의 하위 개념에 가깝다는 것을 알아 가고 있지만, 아직

고향

도 순진하고 감상적인 내겐 석연치 않은 마음이 목구멍에 걸려 있기도 하다.

우리는 이제 그리울 여유도 없는 것일까.

조심히, 그리고 건강히

고향은 곧 '향수'가 만들고 '향수'는 곧 '추억'이 만드는 것이라고 정리해 보았다. 그러면 현대의 사람들이 그리울 게 없다는 것은 추억을 잃어 가고 있다는 말이 되니 못내 서글픈 생각이 든다. 그래서 요즘은 고향이 어디냐는 물음을 누군가에게 묻기도 어색하고, 같은 물음에 대답하기도 퍽 난감하다. 추억이 사라지는 시대에 그리운 곳이 어딘지 묻는 모양새가 얼마나 헛되게 보일지를 상상하면 꽤나 그럴 수 있겠다.

무엇이 그립나요? 왜 그리워하나요? 정지용의 시

대처럼 전란과 식민 지배와는 또 다른, 개인의 성취와 진정한 자유를 위해 세상과 새롭고 절망적인 전쟁을 준비하느라 뒤돌아볼 곳 없는 학생들. 그럼에도 멀뚱멀뚱 해맑고 건강한 그 소중한 눈동자들이 100여 년 전의 시인에게 되묻는 곳에서, 나는 그리움이 과연 대상에 관련한 것일지, 시간에 관련한 것일지, 로 질문을 바꾸기로 한다. 아직 어린 그들에게도, 아직 젊은 나에게도 앞으로 고향이란 구시대적 회귀의 정서가 아니라 새롭고 행복한 상대적 과제여야 옳을 것이다.

마지막으로 만났던 유년의 나는 지금의 내게 이렇게 말했다. '이젠 잊으라'고. 그리고 '조심히 올라가고, 건강하라'고. 마치 돌아가신 할머니처럼. 추억은 간직만 할 뿐 그걸 더는 공유하기조차 힘든 세상에서, 나 또한 차츰 고향과, 과거의 나와 이별해야 할 때가 올지도 모르겠다. 그리워할 것을 '잃은' 삶과 그리워할 '필요가 없어진' 삶. 그 온도차 사이에서 고향은 열차 플랫폼에 서서 이제 어디로 갈 것인지를 묻는다. 서글픔과 평안함은 애초 둘도 없는 친구였음을 알려 주곤, 다만 좀 더 평안히 잊히기만 기다리는 고향의 어린 손을, 나는 다만 놓아야 할 타이밍을 몰랐을 뿐이리라.

고향

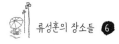

작업실

집 아닌 집

대학을 졸업하자마자 석사과정에 입학했을 즈음부터 나는 주로 개인 작업실에서 살았다. 그곳은 서울 시내를 기준으로 했을 때 이전까지 부모님과 살던 집과는 정반대 쪽인 고양시에 있었는데, 주택을 상정해 짓지 않았기에 원래는 거주용 건물이 아니었다.

처음에는 그렇게 이상한 곳인지 몰랐다. 비록 너저분하고 정돈이 잘 되어 있지는 않았지만 겉으론 언뜻 그럴듯해 보였다. 나름대로 마당도 있었고 큰 잣나무와

들장미 덩굴도 있었고 차량 진입로 앞에는 아름드리 큼직한 벚나무도 한 그루 있는 데다 꽤 저택처럼 보이는 녹색 양옥 지붕으로 된 길쭉한 건물이었다. 부동산 중개업자의 말에 의하면 원래 갈비집 같은 음식점을 하기 위해 지어진 것인데, 전 주인에게 사정이 있어 실제로 영업한 적은 없고 2층으로 된 본채와 단일 층으로 된 별채 둘로 주소지를 나누어 세를 놓은 상태라고 했다. 나는 단일 층으로 된 별채에 있었고 본채에는 본래 지역 주민이었던 노부부가 전세로 들어와 있었다. 건물의 중앙 출입문을 중심으로 두 공간이 한 지붕으로 이어져 있기는 했지만 주소지를 나눠 놓은 채 별채의 출입문을 막아 놓은 상태였기 때문에 사실상 다른 집이나 마찬가지인 이상한 구조였다. 내가 있던 별채에는 공인중개사를 하는 아주머니가 딸과 함께 거주하고 있었는데, 가정집으로 꾸며 살던 곳인 동시에 부동산 사무실이기도 했다. 실 거주공간이면서 집 정문 옆 벽에 '○○부동산'

이라는 푯말까지 붙어 있었는데 좁은 출입문까지 걸어 내려갈 때가 아니면 차량 진입로에서는 전혀 보이지 않을 정도였다.

이상하기로는 실내도, 구조도, 생활도 마찬가지였다. 본채나 별채나 양옥식 지붕이 실내에서 노출되어 보이는 구조라 천장까지 높이가 족히 4미터도 넘는 데다 집 전체의 한쪽 면이 바닥 쪽만 높이를 돋아 놓은 거대한 유리창 한 장으로 되어 있었다. 여닫는 창도 없었고 물론 방한 처리도 있을 리 없었다. 몹시 밝았지만 바깥에서 보면 집 안이 훤히 보일 수밖에 없어서 대부분 창 쪽을 책장으로 막고 창문 크기에 걸맞은 블라인드를 쳐서 그 문제를 해결했으니 밝음은 아무런 효용이 없었다. 가끔 이상한 사람이 본채와의 사이에 있는 중앙문으로 들어와서 언뜻 허술해 보이는 회랑 출입문 문고리를 쥐고 흔들어 보다 조용히 사라지기도 했고,

실제로 내가 없을 때 도둑도 들었다. 귀중품이 아예 없었으니 가져간 물건은 하나도 없었지만 도둑이 보일러가 있는 수풀 더미 쪽 조그만 부엌 창문으로 침투해서 이것저것 둘러보다 유유히 정문으로 걸어 나간 흔적이 발견될 정도였다. 즉 방한과 방범의 차원에서 보면 집으로서의 기능을 거의 할 수 없는 집이었다.

'돈'부리 영감

게다가 도시가스는 없었고 난방은 구식 아날로그 기름보일러가 깔려 있었다. 마루와 방을 구분해서 켜고 끌 수 있는 구획도 없었다. 왜냐하면 원래 방이라는 개념 자체가 없이 설계된 집이었기 때문이다. 아마도 부동산을 하시던 전 입주자분이 거주를 위해 추후에 수리한 것 같았는데, 조립식 건물용 외벽 자재를 세워 방을 두 개로 나누고 미닫이문을 설치하는 방법으로, 보기에는 부엌 딸린 마루 한 칸과 방 두 개인 조촐한 가정집처럼 만들어 놓았다. 그래서 겨울에는 외풍만 겨우 막는 수준이니 집 밖과 집 안의 온도차가 아예 없다시피 했고 매년 겨울이 올 때마다 어마어마한 추위에 시달렸다.

기름보일러가 있긴 했지만 연비가 살인적이었다. 어느 정도냐면, 견디다 못해 큰마음을 먹고 근처 주유소에서 차를 불러 70여만 원어치의 등유를 가득 채워 놓은 적이 있었는데 1개월 반 만에 기름이 하나도 남지 않을 정도였다.

나는 20년이 넘게 데스크톱이 없이 노트북 하나만 가지고 모든 작업을 다해 왔고 그때도 마찬가지였다. 그래서 이불을 온몸에 둘둘 말고 책상에 앉아 각종 과제를 하거나 논문을 쓰려고 전원을 켜면 온도가 너무 낮아 배터리 불량이 일어나 전원이 먹통이 되는 현상을 자주 겪었다. 12월 말과 1월의 아침에는 좌변기의 물이 꽝꽝 얼어 있어서 전기포트로 물을 끓여서 부어 녹인 후에 사용하는 일도 잦았다. 당시 재정능력으로는 도무지 감당할 수 없던 등유 값을 아껴 보려고 열선을 사용하는 전방위용 전기히터를 구입해 켜 놓고 방안에만 틀어박혀 겨울을 나 보려고 시도도 해 보았다. 그러나 나는 당시 해당 온열기가 '전기료가 매우 저렴하다'는 신문의 과장 광고에 속아서, 누진세 폭탄을 맞는 줄도 모르고 잠잘 때 밤새 켜 놓는 식으로 운용하다 80만 원이 넘는 지로요금 청구서를 든 채 기절초풍하기도 했다. 거기서 끝나지 않았다. 전기저항을 이용해 열을 발생시키는 원리상 장시간 켜 놓으면 케이블까지 가열되는데, 그로 인해 콘센트가 녹을 정도가 되어 화재를 당할 뻔했고, 전원플러그 금속단자에 화상을 입기도 했다. 양은 주전자에 차를 넣고 히터 위에 올려놓으면 가습기 역할도 하고 언제든 뜨거운 차를 마실 수

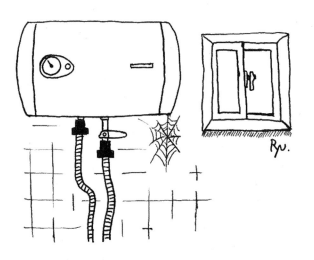

작업실

있다는 딱 한 가지 장점이 있었을 뿐. 결국 그런 엄청난 대가를 치르면서까지 발 앞에서만 따뜻할 뿐인 주제에 전기료 핵폭탄을 선사하는 엉터리 히터를 내가 계속 사용할 수 있을 리 만무했다. 돈 아끼려다 더 큰 세금폭탄 맞는 모양새엔 혹부리 영감이 따로 없었다.

현실적으로 기름보일러를 사용할 수 없으니, 얼어 죽지 않기 위해선 전기온수기도 필요했다. 그래서 그것도 화장실 내벽에 시공해 놓고 몇 번 사용해 보았지만 온수 저수량에 한계가 있고 이 또한 너무 추운 곳에 있다 보니 예열계통과 감압변이 고장을 일으켜, 영하 10도 정도에서 돌연 얼음장 같은 물로 샤워하다 인간 동태가 될 뻔한 적도 있었다. 수도계량기가 동파되는 정도의 일은 말할 것도 없다.

자유의 힘

그런 환경에서 내가 어떻게 7년이 넘는 세월을 지낼 수 있었는지 신기하기도 하다. 하지만 지금 생각해보면 그 원동력이 무엇이었는지에 대해서 단 한 가지로만 설명이 가능한데, 그건 '자유'였다.

대학 혹은 대학원생 시절, 내가 진짜 하고 싶은 일은 무엇인지, 내 전공이 과연 내가 하고 싶거나 할 수 있는 일인지, 내가 배우고 있는 것들을 통해 앞으로 내가 뭔가를 하고 살 수 있을지, 나는 어디까지 할 수 있을지 아무것도 예고되지 않던 시절. 취업과 자립과 성취와 미래에 대해 어떤 확신도 믿음도 없는 상태에서 심지어 도망칠 곳도 없고 무엇이든 시작할 수 있기에 또한 바로 할 수 있는 게 아무것도 없었던 시간들. 동시에 그 불안한 시절의 근원이자 슬픔은 바로 그런 시절이 가장

건강하고, 가장 어리고, 가장 준비된 시기와 겹쳐 있게
마련이라는 것을 알 때. 이제는 우리가 가진 혹은 우리
가 겪어 온 청춘이 가장 마지막까지 놓을 수 없는 가치
가 자유였다는 것을 안다.

그 방만함이 하필 가장 방만할 수 없는 시절에 부
여됐던 시간 속에서, 나는 그 작업실을 통해 모의를 했
고, 작당을 했고, 차를 마셨고, 꿈을 꾸었고, 공부를 했
고, 학위를 땄고, 준비를 했다. 피로 속에서 편안해했고,
잠 속에서 또 잤고, 객기를 부렸고, 함부로 행복하거나
불행해했고, 앓아누웠고, 싸웠고, 정리를 했고, 수없이
떨어졌고, 공포에 떨었고, 초라해했고, 많은 연을 만났
고, 또한 많은 연을 떠나보냈고, 밥을 먹었고, 또한 수
없이 떠나왔다. 잡초를 베었고 물을 끓였고 불을 준비
했고 칼을 손질했고 책과 세간을 계속 모으고 버렸고,
끝없이 읽었고 잊었다. 그럴 수 있는 자유는 모두 작업

실 없이는 가히 불가능한 생이고, 시간이고, 시절이다. 불안한 시절이 언제까지나 계속되고, 그 속에서 청춘이 가졌던 근원적 혹은 시대적 불안과 친해지는 방식이 곧 자유라는 것을 알게 되기까지의 과정 속엔 자유에, 자유에 의한 자유를 위한 장소가 우리에게 한 칸 정도는 필요했을 것이다. 그래서 나는 그 시절에게, 그리고 그 시절의 작업실에게 감사만 하고 후회는 않는다. 그리고 지금도 그런 자유를 위해서 글을 쓰고, 자유를 궁리하고, 그 자유에 책임지기 위해 남은 시간을 쓸 것이다. 내가 글을 쓸 자유를 위해 나의 공간에 대해 책임을 져 왔다면 이제는 어떤 글을 쓸 수 있을지에 대한 자유를 위해 작가적 사유의 지평에 대해 궁리해 나가야 할 것이고, 지금의 나는 이제 그런 것이 쓰는 자의 소명이라고 믿는다.

작업실

응원의 공간

조기 퇴직을 위해 열심히 돈을 모으던 학부 후배 하나와, 실업과 학자금 대출 등에 시달리며 어려운 시절을 보냈던 대학원 후배 하나가 모두 개인 작업실을 알아본다는 얘기를 내게 했을 때, 나는 누구보다도 그들의 결정을 응원했다. 그까짓 월세에 벌벌 떠느냐, 내가 나의 생에 한번이라도 한 칸의 자유를 선물하느냐의 문제는 당신이 앞으로 무엇을 할 것이고 그것을 어떻게 책임질 것인가에 대한 선택의 문제일 뿐, 삶에서 내가 나에게 할 일들 중 그보다 소중한 일이 더 있을까. 내가 문학을 전공한 만큼 나의 후배들은 모두 글을 쓰고 싶어 하는 열망에 의해 그러는 것이긴 했지만, 나는 지금도 대학로 극단의 수많은 연극배우들이 월세도 못 내고 대관마다 어려움을 겪으면서 현실과 싸우고 있는 모습을 본다. 그리고 홍대 앞 수많은 작업실에서 실용

음악을 전공한 무명 아티스트들이 여름 밤하늘의 별처럼 아름다운 곡을 쓰고 녹음하면서 저작권료 한 푼 못 받은 채 컵라면을 먹으며 싸우는 모습을 본다. 순수를 위해 싸우는 이들은 현실의 벽 앞에서 수많은 희생을 겪지만, 그런 그들마저 없다면 현실은 본격적으로 순수를 잊은 우리를 삼각파도처럼 덮쳐 올 것이다. 그렇다면 시대 앞에서 우리는 '저렇게 살면 큰일 나겠다'가 아니라, 그래서 더더욱 작업실이란 것이 생에 얼마나 필사적으로 소중한 것인가에 대해 생각하는 게 더 정상 아닐까.

진정한 자유는 건강한 의식과 사회적 책임의식에서 탄생하지만, 그런 의식과 책임은 그게 탄생할 공간을 필요로 한다는 걸 겪어 본 사람은 알 것이다. 어린이들을 위한 옛 베스트셀러 논리학 교재에서 논점일탈의 오류 예시로, "내가 0점을 받은 이유는 공부방이 없기

작업실

때문이에요!"라는 어린이의 말을 듣던 부분을 떠올리며, 다만 나는 그 문장이 실은 결코 오류가 아니었다고 반박하고 싶었다. 당신이 앞으로 무엇을 하든, 언젠가 그것이 '그 무엇'을 위한 응원이 되기를 바라면서.

작업실

RN.

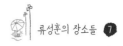

병원

비둘기

그 많은 비둘기들은 모두 어디 가서 죽는 걸까. 함께 있던 친구가 갑자기 그런 의문을 던졌다. 한번도 생각해 본 적 없었는데, 라는 식으로 얼버무리며 의문에 동조했다. 그러고 보니 도시의 길거리에 비둘기가 그렇게 넘쳐나도, 정작 우리는 그들이 사는 둥지나 새끼들이 어떻게 생겼는지 한번 본 적이 없었다. 아프리카 사바나 같은 곳에 사는 코끼리들은 자기들이 죽는 장소를 정해 놓는다는 얘기를 떠올려 보면 비둘기 또한 어딘가의 장소로 가서 조용히 생을 끝낸다고 하더라도 별로 이상할 것은 없었다. 동물도 내세에 대한 인식이 있을 것이라곤 딱히 여겨지진 않지만, 그들 또한 사람처럼 자기들의 삶뿐만 아니라 마지막마저도 보이지 않게 하거나 은밀하게 마무리하려는 경향을 갖는다는 것이 못내 신기하기도 했다.

그런 생각을 하면 늘 자연스레 따라오는 의문이 있다. 그럼 사람은 어떻지? 그때 우리는 일산 백병원 부근을 지나가고 있었고 모든 영안실은 병원에 있다는 사실을 상기했다. 갑작스레 어떤 사고에 의해 목숨을 잃는 일이 아니라면 대체로 사람은 병원에서 죽는다. 옛날에는 산파가 집에서 아이를 받는 일이 흔했다지만 현대의 사람들은 특별한 상황이 아니라면 거의 병원에서 출산을 하므로 그곳은 이제 인류의 시작과 끝을 모두 쥐고 있는 곳이 되어 있는 셈이다.

나는 백병원이 미성년 시절에 살았던 부산에도 있

다는 사실을 떠올렸고 어렸을 적 큰외삼촌이 돌아가셨던 병원도, 그 이후 외할머니가 그 옆에서 평생을 사셨던 것도 기억해 냈지만 굳이 말로 꺼내지는 않았다. 그건 분명 생각할 때마다 슬프고 아련한 일임에는 틀림없지만, 가족과 친지들의 떠남을 지켜보는 경험은 모두가 끊임없이 겪는 일상에 불과하기 때문이었다. "백병원이 백인제선생재단병원이어서 백병원이라지?"라고 실없이 한마디 하려다 그만두었고 "부산에도 백병원이 있는데"라고 하려다 그것도 웃겨서 그만두었다. 언제 지어진 건지, 새로 손을 본 건지 모르겠지만 몹시 깨끗한 빨강 바탕에 친절하면서도 건조한 느낌의 단정하고 흰 글씨로 씌어진 '응급실'이라는 글씨를 보면서, 나는 내가 입원했을 때의 기억을 떠올려 보았다.

병원

사고의 추억

군대를 전역하고 복학한 후, 나는 아버지의 허락을 받고 바이크를 한 대 구매했다. 이륜차는 위험하다, 라는 인식 때문에 나는 당연히 그래야 했고, 바이크 자체를 취미로 타고 싶다거나 나의 낭만적 관심사였거나 그런 것은 전혀 아니었다. 새로 이사 간 집에서 학교를 통학하기에 교통편이 어지간히 나쁜 데다 정상대로 간다고 해도 너무 오래 걸렸다. 당시 나는 서울시청 관광과에서 아르바이트 개념으로 공공근로 일을 하고 있었기 때문에 간편하고 빠른 이동수단이 몹시 아쉬운 상황이었다. 그렇게 아버지는 교통사고율과 이륜차의 안전에 대해 충분히 알아보신 후 자동차보다 오히려 사고율이 낮다는 점에 주목해 어렵게 허락하셨고, 좀 더 안정적이고 안전하게 타기 위해 나는 2종 소형 면허를 취득했다. 하지만 결국 4개월도 못 가서 사고가 났다. 용산에

컴퓨터 부품을 사러 가던 중 영등포 부근에서 무면허 운전 승합차가 불법 유턴을 하면서 나를 치었고, 오른발 중족골 4개가 부러지면서 고관절이 빠져나감과 동시에 페달 사이에 발이 끼는 바람에 뒤꿈치 살점이 통째로 날아갔다. 내 650cc짜리 네이키드 바이크는 프레임이 틀어지는 바람에 수리를 할 수 없어 3000킬로밖에 뛰지 않은 채로 폐기되었고 나는 영구적인 장애를 입을 뻔했다. 어머니가 내 전화를 받고 헐레벌떡 병원에 도착해 입원수속을 하고 치료비를 입금하기까지 나는 아무런 조치가 취해지지 않은 채로 응급실에 방치되어 있었기 때문이다. 그 병원에선 입금확인이 완료된 후에야 내 자리로 인턴 두 명을 보냈다. 그들은 권태로운 표정으로 침대 위에 구두를 신은 채로 올라와 오른쪽 다리를 끼워 넣었다. 다행히 관절이 괴사되는 것을 막을 순 있었지만, 나는 내 생에서 가장 끔찍한 육체적 고통을 겪었고, 가족에게는 정신적으로 최대의 고통을 안기는 몹쓸

병원

짓을 한 해였다. 때는 10월 말이었고 나는 그해 성탄절
을 처음이자 마지막으로 병원에서 보냈다.

고통에 대하여

　몇 개월을 정형외과 병동에 입원해 있으면서 나는
수도 없이 많은 '아픈' 사람들의 군상을 보았다. 대학 종
합병원의 정형외과 병동은 수용인원이 어마어마하고
그만큼 근무자 수도 많은데, 그렇기에 더욱 살얼음판 같
은 곳이었다. 단체병동에 누워 누군가 조금만 언성을 높
여도 바로 크게 호통을 쳐대는 노인, 배달 일 혹은 폭주
족의 유희 등을 하다 다친 친구를 문병 와서 쌍욕을 뱉
거나 가끔은 가벼운 폭력을 휘두르며 병실 분위기를 험
악하게 만들던 촉법소년들, 다리를 절단하지 않으면 생
명에 지장이 갈 거라는 의사의 경고를 무시하며 끝까

지 수술을 거부하다 처음엔 발가락, 두 번째는 발 앞쪽
까지, 결국은 발목을 모두 절단하는 수술을 받아야 했던
어느 어르신의 밤잠 없던 신음소리, 휠체어 위에서 담요
를 덮은 채 하염없이 입을 벌리고 종일 잠들어 있던 어

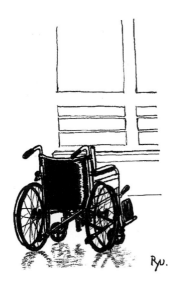

병원

느 어르신이 이미 떠난 줄을 아무도 몰랐던 일 등을 나는 시금노 잊지 못한다. 병원은 새 병들을 만들어 주니 병원, 병과 가까워지게 도와주니 병원, 병으로 떠나보내는 곳이어서 병원이기도 했다.

날아가 버린 뒤꿈치 살점이 복구될 때까지, 당시 내 깁스는 조립식처럼 만들어져 정기적으로 거즈를 교환할 때마다 탈착되었는데, 그때마다 엉겨 붙은 피와 약품이 살점에서 떨어지지 않아 매번 소름끼치는 고통을 겪었다. 그때 나의 아픔 따위는 전혀 신경 쓰지 않고 기계처럼 내 상처를 치료하던 인턴의 얼굴은 늘 다크서클이 판다 눈가처럼 얼굴에 번져 있었고 의사 가운은 각종 약품과 땟국물로 온통 얼룩져 있었고 가끔 테이핑을 하면서 졸기도 했다. 친절한 것은 말투뿐, 그래서 말투만이라도 친절한 것이 자못 신기할 지경이었고 그게 그들 최대한의 환자 다루는 법이자 처세인 것으로 보였다. 게다가 그들은 하루에 수십 명 수백 명 상대해야 하는 환자들은 고사하고 자기 스스로를 돌볼 시간조차 없을 것이라는 걸 생각하면 함부로 불만을 터뜨릴 수도 없는 노릇이었다. 간호사들은 더 심각해 보였다. 썩는 내 나는 거즈를 갈 때 표정이 좀 나빴다거나, 정맥주사를 놓을 자리를 조금이라도 잘못 잡는다거나, 고통이 심해지는데 진통제가 빨리 듣지 않는다거나 하면 즉각적으로 날아오는 온갖 불평불만들과 갖은 난감한 상황들에 고스란히 노출된 채 그들을 모두 어린아이 달래듯 진정시키면서 직업과 상황상 본인의 피로는 철저히 숨겨야 하는 사람들. 그래서 오히려 의사, 간호사, 원무행정, 조무사, 방사선사 등 여러 의료 관련 종사자분들의 대단함은 상상을 넘는 수준이라는 생각이 들기도 했다. 그들이 가끔 대단해 보이기도, 숭고해 보이기도 함과 동시에 그럼에도 병원이 소름끼치도록 싫은 것은 결코 이율배반적인 것도 아니고 당연한 것이기 때문이라

병원

는 생각을 하면 희극적인 비극이기도, 비극적인 희극이
기도 했다.

실외 흡연구역

　겨울. 실외 흡연구역에서, 리넨을 입은 채 입원기간
동안 친해진 몇몇 사람과 잡담을 하며 앉아 있던 때를
생각한다. 비흡연자인 나는 손이 심심한 대신 병동 보
일러 배기구에서 빠져나가는 흰 연기들과, 꽁초를 쪼아
대는 더러운 비둘기들을 번갈아 쳐다보며 병원에서 본
수많은 풍경들을 떠올렸다. 어렸을 적 아버지가 팔뚝
에 팔뚝만 한 주사를 꽂은 채 어린 아들이 걱정할까 웃
음으로 답하시던 모습. 버스 급정거에 승강구로 굴러떨
어져 태어나 처음으로 전신마취를 한 채 잃어 가는 의
식 속에 바라보던 무영등의 차갑고 환한 모습. 혼이 떠

나가시고 남은 할아버지와 할머니의 잘 차려입은 유해를 마지막으로 쓰다듬어 보던 장례식장. 큰외삼촌이 돌아가셨을 때 무슨 일이 일어난지도 모르고 엄마와 함께 앉아 있었던 병원 대기실 나무의자에 새겨진 박카스 광고 문구. 내가 태어나는 것을 지켜보시던 외할머니가 바로 그 병원의 침상 위에서 돌아가시는 것을 수십 년 후의 내가 지켜보던 4월의 벚꽃. 완치 판정을 받은 내가 이듬해 봄 외래진료 브리핑을 받고 병원을 떠난 후, 나를 간호하던 담당 간호사와 연락처를 교환하고 함께 산책했던 열병합발전소 부근의 저녁놀이 내겐 아직도 생생하게 보인다.

당신과 함께 보던 거대한 교각 아래, 끝도 없이 수많은 비둘기들이 몸을 움츠리고 있었다. 발 디딜 곳 없는 외래진료 대기실이 그렇게 붐비면서도 조용한 것처럼, 이 기묘한 광경은 언제까지 계속될까. 저들은 저기

병원

서 죽는 걸까. 수많은 퇴치망이 우후죽순 시공되는 터에 이제 저들은 평안히 죽을 자리도 잃어 가는 걸까. 맑은 눈망울로 매사에 진심이던 그 간호사는 내가 어떻게 그런 생각을 하는지 천진하게 궁금해할 뿐 아무 대답도 없었지만, 나는 반대로 이미 대답을 들은 기분이었다.

　추억하기엔 가끔 좋고 가까이하기엔 매번 슬픈 병원. 그곳에서 만난 연들과 그곳의 안부를 뒤늦게 이렇게나마 묻는다. 우리는 우리의 생과 늘 함께할 수도 늘 행복할 수도 없겠지만, 언제고 아프지 말자는 서로의 당부 하나만은 늘 아프지 말 것. 그런 생각과 함께, 병원이라는 이름이 하루처럼 저문다.

병원

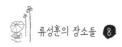
산

유성우

전역 직전의 내 군 생활 중엔 그와 정반대의 시기였던 훈련소 때 겪은 첫 야간행군을 떠올리며 회상에 젖는 경우가 많았다. 소위 '꼬인 군번'이어서 전역을 앞두고 혹한기훈련을 한 번 더 갔을 때도 그랬고, 십수 년이 지난 지금도 어렵고 힘들 때 가끔 생각나기도 하지만. 모든 게 불운하고 억울하게만 여겨졌던, 다시는 생각하기 싫은 시절임에도 여전히 가끔 떠오르는 때. 이제 다 잊힐 법한 지금이건 전역하기 직전의 당시이건 똑같이 떠오르던 오묘한 시간이 있었다.

나는 행군을 나온 훈련병들과 분대장들, 그리고 몇몇 간부들 이외엔 아무런 인적도 없던 당시 야산의 밤이 왜 그렇게 쓸데없이 아름다웠는지를 가끔 회고해 본다. 훨씬 오랜 세월이 지난 후, "철모를 베고 누우면 밤하늘이 반겼다/ 그제야 우리 어머니 잘 하는 짠지 무 같은 별들이, 울먹울먹 오열종대로 콱 쏟아져 내렸다(박준, 〈별의 평야〉 중에서)"라는 시를 읽으며 옛 추억을 떠올려 보면서 나는 당시 밤하늘을 기억해 낸다. 내가 걸었던 그 고개의 밤에도 도시에서는 볼 수 없는 수많은 별들이 마치 쏟아질 듯 펼쳐져 있었고, 그 아래에는 6·25전쟁 때쯤 사용되던 수십 년 전의 구식 군장을 멘 채 길바닥에 그대로 드러누운 훈련병들이 가족과 집을 생각하며 울음을 삼키고 있었다. 나도 집 생각과 앞으로의 고난과 긴 시간에 대한 울분과 걱정, 지나온 추억 등이 막연하게 뒤엉켜 눈물을 찔끔 짜기는 했지만 솔직히 그렇게나 많은 인원이 울컥해할 줄은 몰랐다. 코를 풀거나 큭, 크흠, 끅끅 하는 소리가 웃기기도, 안도하게 하기도, 짠하게도 하는 기형적이고도 특별한 풍경이 처음 걷는 산의 처음 보는 밤하늘 아래 여리게 빛나고 있었다.

어둠, 고행, 그리고 산. 이 세 가지가 줄 수 있는 정서는 겹치는 부분이 있고, 그것은 마침 우리와 함께 있었던 특별한 경험이 되었다. 그런 '웃픈' 모습을 수없이 보아 왔을 소대장의 "지금 너희가 보는 하늘은 고향 부모님이 보고 있는 것과 똑같은 하늘이다"라는 뻔하면서도 확실한 위로를 듣고는 하나둘 몸을 추슬러 남은 걸음을 옮기던 기억이 아직도 생생하다. 밤의 산이 가져다준 풍경. 그것들이 내 안에서 빛과 기억과 시간과 추억과 함께 뭉쳐서 유성우처럼 쏟아지던 찰나의 시절을, 나는 산에 갈 때마다 매번 떠올리곤 한다.

산

산이 가르쳐 준 것

어려서부터 나는 산과 매우 친숙했다. 대도시라는 부산에서 태어나 미성년의 전부를 그곳에서 살았지만 실상 도시와 산이 상반된 개념도 아니고 떨어져 있지도 않은 장소라는 점에서 선입견을 제하고 생각하면 이상할 것도 없는 일이다. 고향 부산에서 내가 태어난 곳도 누나가 다니던 초등학교 위도 야산이었고 내가 부산에서 가장 오래 살았던 동래 화목아파트도 야산자락을 깎아 지은 곳이었는데, 뒷산으로 연결되는 계단을 올라가면 등산로도 개척되어 있지 않은 거의 완전한 야산이 있었다.

부산에서 가장 오래 살았던 그 아파트는 곤충을 좋아하던 유년의 내게 특히 신비감과 도전욕구를 불러일으키는 환상의 장소였다. 그래서 여름, 가을에는 틈만

나면 매미나 풍뎅이 등을 잡을 기대감에 부풀어 어린이
에겐 위험하고 힘든 야산을 시간 가는 줄도 모르고 헤집
고 다녔다. 대부분 신비하고 커다란 곤충들은 야행성이
라 캄캄한 밤에 올라가고 싶어서 좀이 쑤시기도 했고 실
제로 겁도 없이 올라갔다가 공포에 떨기도 했을 정도였
다. 친구와 함께 방학 때 인적이 없는 길을 탐험하다가
부산의 중요한 사적인 충렬사가 있는 동래산성 유적지
와 연결된 곳을 발견하기도 했고, 입장료를 내야 들어갈
수 있는 충렬사(임진왜란 전사자들을 기리기 위해 15세

기에 지어진 사당) 어느 구역 안으로 기어 들어가 해질녘 정문 입구로 멀뚱멀뚱 걸어 나오기도 했다. 또한 너무 깊이 들어가 방향을 잃고 헤매다가 내가 다니던 초등학교 옆 시민공원으로 빠져 나오곤 큰 발견을 한 듯이 스스로의 은밀한 탐험에 열광하기도 했다. 손발과 바지와 신발이 흙투성이가 된 몰골로 돌아왔던 날, 엄마는 내가 어디에서 뭘 하고 왔는지를 몰랐고 어린 나는 그 표현 못할 탐험의 충만함에 대해 설명할 방법을 몰랐다.

당시 부산의 학생들은 소풍을 가거나 사생대회를 할 경우 대다수는 금정산으로 가는 게 거의 상례였다. 그림을 너무 좋아하던 나는 거기서 그린 수채화로 상을 여러 차례 받기도 했고 소풍을 가서 보물찾기를 하다가 보물 대신 도롱뇽 알을 건져 집으로 가져오기도 했다. 그런 추억들이 쌓이다 보니, 나는 행사 같은 것과 무관하게 혼자서도 자주 가고 친구와도 올라갈 만큼 산을 사랑했었다.

그리고 야산을 깎아 만든 그 아파트에서 살았을 적 나는 친구 아버지가 선물해 준, 산악자전거 모습을 한 저렴한 생활자전거를 가지고 있었다. 그때 가장 친했던 친구가 나와 비슷한 자전거를 가지고 있어 둘이 자주 라이딩을 즐겨 다녔는데, 그땐 무슨 배짱이었는지 그 자전거를 끌고 금정산 정상에서부터 딱히 다치지도 않고 힘든 줄도 모른 채 그 가파른 산길을 내려왔었다. 한번은 과한 자신감에 조금 속도를 내며 내리꽂다 바위 턱 아래의 등산객을 발견하곤 그를 피하기 위해 자전거를 던지고 몸을 옆으로 굴렸다. 그 바람에 자전거가 와장창 처박히고 친구와 나는 다 휘어진 앞바퀴를 질질 끌면서 서로의 몰골을 놀리며 산을 내려왔는데, 그게 내 마지막 산악 라이딩이 되었다. '다행'은 상처 이상으로 많은 걸 가르쳐 준다는 것이 내 첫 자전거를 산에게 내준 보수였다.

그때 내가 저지르던 일들을 생각해 보면 꽤 위험하기 짝이 없는 행위들도 많이 있었다. 하지만 그 시절을 통해 확신할 수 있는 하나는, 세상에 대해 학교보다는 산을 통해 배운 것들이 더 많았다는 점이다. 돌이켜보면 내가 처음 본 신비한 풍경과 생명들은 죄다 산에 있었고 처음 느껴 본 조용함도 공포도 평온함도 놀라움도 모두 산에 있었고 처음 느껴 본 피로도 고통도 보람도 모두 산에 있었다.

가령 세상의 길을 너무 힘차게 걷는 것보다는 적당히 힘을 빼고 걸어야 한다는 경험도, 자연이라는 단어는 우리의 일반적 인식과 달리 우리에게 결코 회귀의 대상이나 보호의 개념이 아니라는 진실도, 그리고 우리가 얼마나 안전하고 편안하고 유약하게 살고 있는지에 대한 직시도, 알고 보면 모두 산이 가르쳐 준 것들이었다. 그런 것들은 내가 부산을 떠나온 지금도 잊지 않고 챙겨 온 가치들의 일부가 되었다. 물론 서울에서의 새로운 삶이 시작된 이후로도 그런 인식과 애정은 계속되고 있지만 말이다.

지팡이 깎듯이

지금의 내게 산은 가끔 생각을 다잡을 거나 연초에 한 해를 다질 각오가 필요할 때 등 뭔가를 의미 있게 하기 위한 좋은 명분이 되어 주곤 한다. 새해 기념으로 직접 싼 주먹밥을 들고 백운대를 오를 때, 사진한 장을 건지려고 한겨울 무릎까지 쌓인 눈에 다리를 담그며 한라산 성판악을 오를 때, 과거 학창 시절의 추억을 떠올리며 지금의 사람들과 다시 깊은 가을의 설악산을 찾을 때, 그리고 20년 같은 2년을 보내고 전역만을 생각하며 다리가 죽이 되는 줄도 모르고 넘어가

산

던 이름 모를 고개들을 생각한다. 사람에게 모든 장소는 의미이다, 라는 생각을 처음 했던 장소도 산이었다는 것을 새삼 떠올린다.

올라가다 지쳐 우듬지에 무심코 손을 댔다가 죽어서도 서 있던 나무를 넘어뜨렸을 때, 나는 그게 산이 가진 본질이라 생각했고 나는 서서 죽을 수 없어도 내 글들은 내가 죽어도 한동안 서 있을 수 있다면 그건 내가 산을 닮는 방법이라고 생각했다. 단단하고 곧으면서 부러진 생나무를 운 좋게 발견할 때마다 그것을 잘라 내 서바이벌 나이프로 잘 깎아 지팡이를 만들어 가끔 지인들에게 선물할 때, 나는 산에서 주운 나무에 정성만 입힌 것이 아니라 산에 얽힌 나의 추억과 생각들을 전하고 싶다고 생각했고, 그게 지금의 이 글이 되었고, 지금은 내 글들이 나의 지팡이보다 못하지 않았으면 좋겠다고 여기며 이렇게 쓴다.

산

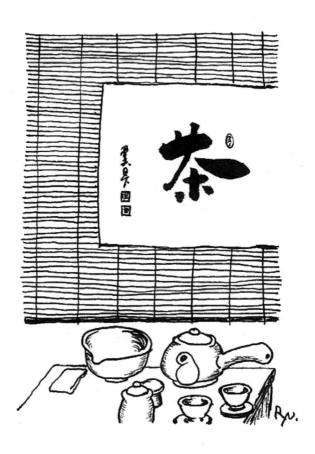

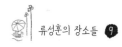

차
실
(茶室)

창고로부터

이사를 하고 창고가 생겼다. 옥상에 있는 그곳은 지붕이 낮은 위치까지 심하게 기울어져 있는 모양이라 공간을 활용하기에도, 사람이 들어가 있기에도 좋지는 않았지만 지금은 매우 보물 같은 소중한 공간이 되어 있다. 살면서 그곳을 언제까지 안고 있을지는 몰라도, 이미 많은 추억들이 쌓였고 지금도 쌓아 가고 있으니 결코 개인적인 생의 의미에서 배제할 수 없는 장소로 굳어지고 있는 셈이다. 사물 이상으로 자신의 특별한 장소를 갖게 된다는 것이 얼마나 의미 있는 일인지는 자기가 하고 싶은 일을 할 수 있는 삶을 위해 힘쓰는 모든 사람들이 공감할 것이다. 설령 그곳이 완전히 집기류가 구비되어 있지 못하더라도 말이다. 나는 그곳의 조명을 은은하게 개조하고, 상과 화로를 놓고, 찻물이 누렇게 든 다기를 오랜 배움대로 배치했다. 늘 진행형인 곳이라 아직 볼품은 없지만, 나의 유일한 사치의 공간으로서 창고는 나름 차실의 구색을 찬찬히 갖추어 가는 중이다.

부끄러움

대학에 처음 입학했을 무렵, 나는 새로 사귀게 된 단짝 친구와 한껏 새내기 생활을 즐길 생각에 들떠 있었다. 하지만 대개의 신입생들이 겪는 것처럼 당시의 대학문화는 우리가 생각했던 것과는 조금 거리가 있었고, 익히 들은 바 있었던 우리는 딱히 충격을 받진 않았지만 이렇게 살면 뭔가 분명히 곤란해질 거라는 확신은 들었다. 우리는 신입생 오리엔테이션을 가서 술을 먹었고 개강총회에서 술을 먹었고 동아리 엠티를 가서 술을 먹었고 중간고사 끝났다고 술을 먹었고 기말고사 끝났다고 술을 먹었고 개강과 종강 기념으로 술을 먹었고 학과 엠티를 가서 또 술을 먹었다. 그러다 보니 방학 중에 친구를 만나면 술을 먹으러 가는 것 말고는 대학생활을 만끽할 방법에 대해 생각나는 것이 없었다. 대학생의 사회적 위치는 술을 먹는 행위를 통해서만 확인받는 것만 같았다. 만일 다른 방법도 있다면 일단 공부는 아닌 게 확실해 보일 정도였다.

어쨌거나 당시 나는 친구와 함께 나름대로의 고민을 했었다. '술 먹고 꼬장이나 부리는 것 말고 좀 더 격조 있게 즐기는 음료 문화는 없을까?' 이런 고민을 하면서

차실(茶室)

우리는 조금 의식적으로 술자리를 피해 보기도 했다. 그 당시 우연인지 필연인지는 몰라도 나는 친구와 처음으로 인사동에 가 보았고 역시 의식적으로 가장 좋아 보이는 전통찻집에 들어갔다. 이유는 단순했다. 하나는 내면에서 이미 꿈틀대던 음주문화에 대한 반발심에 불을 붙일 건수가 필요했기 때문이었고 하나는 이왕 놀러 나온 거 최대한 건전해 보이는 곳에서 고급스러운 뭔가를 경험해 보고 싶은 호기심이었다. 어찌 보면 그날이 인생의 작은 전환점 중 하나가 아니었나 하는 생각도 든다.

그곳에서 나는 태어나 처음으로 우전을 마셔 보았는데, 꽤 본격적인 다기 세트가 갖춰져서 나왔던 것으로 기억한다. 찻잎을 미리 넣어 둔 다관과 차탁이 구비된 잔, 숙우와 개반까지 갖춰진 채 나온 찻상을 보고 나는 적잖이 당황했다. 다관은 그 특이한 고유의 형태와 기본 용도로 인해 모르는 사람이야 드물겠지만, 당시의

나는 숙우와 개반 등을 어떻게 사용하는지, 물을 어디에 먼저 부어야 하는지, 다관은 어떻게 쥐어야 하는지를 알 도리가 없었다. 나는 그때 속으로 상당한 부끄러움을 느꼈다. 잘은 모르지만 이건 분명 유구한 전통 문화이거나 계승되어 온 우리의 소중한 유산 같은 것임은 분명해 보였기 때문이다. 그래서 그날 나는 '정식으로 다도를 배워야겠다'라는 어찌 보면 과할 수도 있는 생각을 굳히고 말았다.

차실(茶室)

물을 다루는 방식

우리나라의 다도와 차생활은 문서화된 기록이 많이 남아 있지 않아서 현대에 거의 복원된 형태로 계승 및 발전되어 오는 콘텐츠에 가깝다. 그래서 우리나라의 차는 그 문헌 연구와 복원 과정에서 유교적 사상과 코드를 중심으로 정립되어 있어서 기품이 있지만 문외한이 처음 보기에는 다소 그 분위기가 부담스럽게 보이기도 한다. 하지만 정작 배워 보면 그리 어렵지 않고, 보기만큼 경직되어 있지 않으며 상당히 재미있다. 대개 항상 차, 하면 한중일의 문화를 비교하게 되는 게 상례인데 내가 배우고 느끼기로는 우리의 차는 중국과 일본의 딱 중간쯤에 있다. 아주 단순하고 거칠게나마 조금 정리하자면 이렇다.

전 세계 차의 종주국인 중국 또한 문화대혁명 시기에 사라진 차생활 기록들을 1980년대에 들어와 본격적으로 유물과 남은 문헌들을 통해 복원 및 창작을 가미한 형태로 부활시켰는데, 차를 우리는 제반 행위들을 '기예(技藝)'로 간주하는 만큼 보기에 아기자기하면서도 실생활과 밀접하게 구성되어 있는 점이 흥미롭다. 일본은 차를 가장 나중에 받아들였음에도 불구하고 전란이나 혁명을 통해 문화가 소실되는 일이 없이 계승해 온 특성상 가장 옛 모습을 잘 보존하고 있기도 하며, 작은 행위도 특별한 의미를 부여하는 일본의 도(道) 문화콘텐츠를 거의 상징하다시피 하는 특성을 갖고 있다. 그래서 아주 검소하고 정성스럽고 절제되어 있으나 평소에도 늘 행할 수 있는 생활형 콘텐츠와는 다소 거리가 크다. 우리나라의 차생활은 100% 녹차를 기본으로 하고, 그 때문에 찻자리가 중국에 비해 금방 끝나게 되어 있으며 형식이 가장 단순한 편이지만, 행다 동작 하나하나가 매우 단순하고 실용적이어서 생활 응용의 폭이 넓은 데다 예절이 기조인 만큼 공손함이 묻어나도록

차실(茶室)

되어 있어 대접하는 사람과 받는 사람이 모두 평화롭게 하나가 되는 기분을 느낄 수 있다. 그리고 이는 기본적으로 뜨거운 물을 다루는 법을 익히는 과정이기 때문에 느리고 조심스러울 수밖에 없으므로 어른에게는 자연스럽게 잃어버린 마음의 여유를 찾도록 도와주고, 아이들에게는 특유의 산만함과 집중력 결여를 가라앉혀 태도가 바르고 주의를 깊게 해 주는 효과가 있다. 생명의 근원이자 식생활에 직결된, '물을 다루는 방식을 통해 물에게서 생의 방식을 배운다'고 표현하더라도, 나는 그 말의 지나침을 발견할 수 없다.

줄 것이 있는

많은 직장인들이 파이어족(fire族)이 되고자 한다는 얘기가 유행처럼 나돈다. 빠른 시간 내에 경제적 자립을 이루고 조기에 은퇴해서 여생을 즐기고자 하는 것이다. 물론 반대에 가까운 얘기도 있는데 '사람을 가장 빨리 죽이는 일은 바로 은퇴다'와 같은 말이 그것이다. 돈이 없으면 자유도 삶도 없는 세상에서 경제적 자립과 자유를 위해 대부분의 사람들은 자신의 꿈과 무관한 일에 매진하며 삶의 무게를 떠받치며 힘든 시간을 버티고 있다. 그러나 일이 없는 삶 또한 우리 존재의 의미를 잃어버리니, 그 허무의 무게를 감당하기 힘든 것 또한 인간의 본성이다. 나는 이 두 가지의 방향성이 모두 옳다고 생각한다. 가장 이상적인 경우는 자신이 사랑하는 일을 하며 그걸로 수익을 올리는 것이겠지만, 그런 삶이 인류 전체에 얼마나 될까.

그래서 나는 내가 생각하는 노후의 계획을 지금부터 실행에 옮기는 중이다. 내 짧은 경험상 나이 들어서도 행복한 사람은 존경을 받는 사람들이 많고, 존경 받

차실(茶室)

는 어르신은 대개 젊은 사람들이 자발적으로 뭔가를 배우고자 찾아올 수 있는 그런 사람들이었다. 또한 그 젊은 사람들도 찾아올 만한 어른은 그들에게 '줄 것'이 있는 사람들이었다. 즉, 사람이 나이 들어서도 행복할 수 있기 위해선 젊은 사람들에게 그때까지도 줄 것이 있는 사람이 되어야 한다는 게 내 생각이다. 나는 문학이 내게 그런 역할을 할 수 있기 위해 가장 힘쓰고 있고, 두 번째로 다도 혹은 차생활이 그렇다. 내 안의 그것들이 세상 속에서의 그것들과 함께 언제까지나 고루한 옛것으로 치부되지 않게끔 하기 위해서는 끊임없이 갈고 닦고 고민하고 바뀌어야 하겠지만, 하루가 다르게 모든 게 급변하는 세상 속에서도 오랫동안 변하지 않는 가치가 있다면, 그것은 대체로 훌륭하거나 옳은 가치이기 때문일 것이라는 걸 나는 믿는다.

칠분차 삼분정

일본 다도에서의 차실 면적은 대개 4첩 반 정도다. '첩'이라는 단위는 다다미 한 장의 넓이인데 윤동주 시인이 일본 유학 시절 묵었던 방이 '6첩'이었다는 것을 그의 시에 미루어 생각하면 몹시 협소한 공간임을 알수 있다. 선종의 영향을 받아 부족함과 검소함을 미덕으로 삼던 옛 차의 와비[侘] 정신을 감안할 때 차실은 좁을수록 좋은 것. 그래서 작고 구석진 창고를 차실로 만든다는 것은 여러모로 잘 어울리는 풍류이자 오히려 공간 활용의 극치가 되는 셈이다.

조금씩 창고를 소담하게 꾸며 가면서, 일어서다 기울어진 천장에 이마를 몇 번이나 부딪치면서 정신줄을 놓고 다도를 배우던 시절, 없는 형편에 보물처럼 하나씩 하나씩 모아 온 다기가 구석에서부터 작은 광택을 얻어 갈 때마다 나는 찾아온 당신을 위해 물을 끓이

차실(茶室)

고 잔을 데운다. 친한 지인들이 가졌던, '젊은 사람이 뭘 그런 걸 했느냐'는 식의 가벼운 선입견 너머로 그들을 초대하면서, 어느 순간 함께 즐기고 있는 그들의 미소를 나는 점점 자주 본다. 여유라곤 없어진 피로한 삶 속에서 여유를 갖는 방법은 여유를 만드는 것밖에 없음을 인정하면서도, 그걸 함께 만들어 가면서 '젊은 사람이 이런 것도 했느냐'는 식으로 그들의 시각을 나는 평생을 통해 바꾸어 갈 것이다.

그 어느 날 당신 찻잔에 칠분의 차, 삼분의 정을 따르면서, 작은 공간 하나와 정성된 차 한잔에 감사와 의미를 부여할 줄도 아는 마음을 다잡으면서. 그 옆에는 늘 내가 분투해 온 문학적 목소리가 있듯 차의 따뜻한 향이 늘 함께할 수 있기를 소망하면서, 그 모든 꿈의 역사들을 작은 다락에서부터 펼쳐 갈 것이다.

차실(茶室)

집
필
실

매미

　여름의 한복판, 서울의 한복판, 밤의 한복판에 나
는 연희고지의 아름드리 상수리나무 등걸에 앉아 있었
다. 글이 써지지 않고 잠도 오지 않는 오전 세 시의 창
작촌 뒷마당 언덕배기에서 나는 매미의 우화를 지켜보
고 있었다. 칠 년여 세월을 견딘 유충들은 대개 자기가
지상으로 기어 나오는 모습을 누구에게도 보여 주지
않고 다음 날 아침 나무에 달려 있는 빈껍데기로만 자
신의 흔적을 남기기 일쑤여서, 직접 그 과정을 보는 일
은 사소하지만 값진 것이었다. 등이 세로로 곧게 갈라

지고, 그곳으로 쏟아지듯 벗어난 몸은 다시 자신의 허물을 아스라이 붙잡고는 날개가 완전히 팽팽해질 때까지 자세를 고치고 기다린다. 그러곤 언제 그곳에 있었냐는 듯 호로록 날아가 버리곤 허물만 간밤 꿈 자락처럼 남는 기묘한 모습을 완전히 다 보고 나자 해가 뜨고 있었다.

우화

연희문학창작촌에는 예부터 상수리나무가 많은데 마침 내가 퇴실할 무렵은 상수리가 무르익는 시기에 맞물려 있었다. 상수리는 도토리와 비슷하지만 좀 더 둥글고 통통해서 묵을 만들면 진짜 도토리보단 약간 밍밍하긴 해도 꽤 맛있는 묵이 된다. 나는 큰 자루 두 개를 준비해 그곳에서 떨어지는 상수리 두 포대를 주워 집에 가져가 묵을 쑤어 그곳 직원들에게 퇴실 선물로 나누어 줬고 그들이 맛있게 나눠 먹는 모습을 뒤로하며 마지막 날 방을 비웠다. 창작촌을 나오면서 결국 내게 남은 것은 그저 몇 개의 글과 매미 허물 한 통, 그리고 내게 처음 우화를 보여 주었던 새벽 한 칸이 전부였다. 그걸로 충분했다. 딱히 존중받을 긍지도 못 되지만 그렇다고 딱히 무시당할 과오도 아니던, 새내기 문인으로서의 짧디짧은 시절. 시인이 되고 싶어 준비하던 기간만도 몹시 길기만 했던 나는 그때 유충 기간만 질리도록 오래 보내던 매미가 새로운 세상에 신중하게, 그리고 천천히 뻗어 내던 날개를 지금도 잊지 않는다. 그리고 매미가 찰나를 날기 위해 수년을 나무뿌리로 연명할 만큼 오랜 배짱을 품을 수 있었던 유충 시절들을 기억하듯이, 도토리묵처럼 물러터진 나의 외피는 지금도 매년 짙게 단단해져 가고 있다.

집필실

호리병박

그곳을 나온 후에도 나의 집필실은 한동안 복구되지 않았다. 당시 논문 본 발표를 앞두고 있어 처음부터 박사논문을 끝내기 위한 목적으로 입주했던 나는 그곳에서 집필활동 보고용 작품 몇 편뿐 아니라 박사논문을 완성해 기간 내 소정의 목적을 달성했다. 학위를 근근이 통과함과 동시에 딱 맞춰 퇴실해야 했던 나는 좀 더 기거하며 글을 쓸 공간이 필요했다. 그게 주된 이유이긴 했지만 솔직히 누구의 방해도 받지 않는 곳에 조용히 틀어박혀 조금 쉬고 싶은 이유도 있었다. 또한 당시의 개인적인 복잡한 사정과 이유들 속에서 나는 아무런 앞뒤 상황을 가리지 않고 무작정 충북 증평에 있었던 21세기문학관에 한 번 더 들어갔고, 그게 새내기 작가로서의 추억 한철 중 마지막 집필실 입주였다.

입주 기간이 몹시 짧은 이유도 있었지만, 엉뚱하게도 나는 그곳에서 한 편의 글도 쓰지 못했고 결국 문학과는 전혀 무관해 보이는 짓만 하다 돌아왔었다. 나는 밤에 임도를 산책하다 야생 박이 자라고 있는 곳을 발견하고는 우연히 거기서 크기와 모양이 아주 좋은 호리병박 두 개와 큰 원통형 박 하나를 따 왔다. 때는 9월경이었으니 박이 무르익는 적기였다. 나는 인적 없는 임도의 어둠 속에 귀신처럼 조용히 자라 있던 그것들을 멍하니 쳐다보았다. 그러곤 결국 내 집필실로 가져와 주둥이를 뚫고 속을 파내기 시작했다. 제대로 된 도구도 없이 그 짓을 하느라 매우 오랜 시간이 걸렸고, 다 파낸 후에는 끓는 물에 한 번 삶아 겉껍질을 긁어 벗겨내야 했다. 1cm 남짓한 좁은 주둥이 구멍으로 그걸 다 언제 어떻게 파냈는지 기억나지 않는다. 또한 거기서, 그 긴 일련의 과정 속에서 내가 무슨 생각을 하고 있었는지도 전혀 기억나지 않는다. 다만 내가 거기서 많은

집필실

것을 잊을 수 있었고, 많은 것을 정리했고, 많은 것을 설계했음은 자명하다. 같이 입주했던 나이 지긋하신 몇 작가분들이 주방에 맥주를 마시러 들어와 내가 하는 일을 보고는 계속 의아해하다 조용히 흩어졌지만, 당시의 나는 여러 복잡한 심정과 걱정과 생각의 정리들로 인해 그런 것에 눈치를 볼 여지가 없었다. 괴짜처럼, 미친 사람처럼 나는 그 재미에 빠져 정성껏 호리병을 만들었다.

Ry.

집필실

증평의 밤

한번도 가 본 적 없는 지방에 혼자 내려갔던 나는 도구도, 경험도, 생각도 없는 채로 한번 해 본 적도 없는 쓸데없어 보이는 일에만 열중했었다. 그때 왜 그랬는지, 왜 그러고 싶었는지도 기억나지 않으면서, 글과는 아무런 상관도 없는 짓만 하면서. 빨래 건조대에 양말과 속옷 대신 잘 삶아진 박통을 걸어 말리면서. 늦여름에서 초가을 사이 살아남은 몇몇 매미들과 풀벌레 소리들 속에서 하염없이 충북 벽촌의 캄캄한 임도를 밤새 걷고 또 걷다 돌아오면서. 지방에서 오신 나이 든 작가 몇 분과 술만 마시면서 시답잖은 문학 얘기와 시답잖은 삶의 얘기를 참 길게 나누기도 했다. 그런 경험과 과정을 통해 나는 쉬이 표현되지 않는 많은 생각과 말들을 거치고, 채록하고, 감지하고, 또 버리고 돌아왔었다. 그때 내가 자연스레 알게 된 것은, 그때 거기서 본 작가라는 사람들 거의 모두가 일종의 정신적 요양을 위해 온 것에 가까웠고, 모두가 힘들고 스스로 소외되어 있다고 생각한다는 사실이었다. 모두가 문학의 무력함 속에서 스스로에게 또한 무력해했고, 그럼에도 불구하고 그것을 잘 알고 받아들인 채 본인의 길을 묵묵히 가고 있다는 것이었다. 당시 생각건대, 마치 작가라는 직함은 자기 노동의 대가를 온당히 지불받지 못하는 삶을 감내할 각오가 되어 있을 때에만 부여될 수 있는 개념인 것만 같았고 그럼에도 아무도 그 길을 후회하지 않는 것이 신기했다. 나는 후회하지 않았다가, 후회하기도 했다가, 또 많은 시간이 지난 지금은 다시 후회하지 않게 되었는데, 그 이유를 알 것도 같았다. 어찌됐건 모든 고독이 가치 있는 것은 아니지만 모든 가치 있는 것들은 고독을 동반한다는 게 나의 결론이었고, 모두 증평의 밤을 지나온 덕에 가능한 생각들이었다.

집필실

알 수도 알 필요도

고대로부터 호리병은 요괴를 잡아 가두고 악한 기운을 물리치는 기물로 취급되어 왔다. 나는 그곳에서 가져온 박이 내 사기를 가두어 주었다곤 딱히 생각지 않지만 결과적으로 다수 물리쳐 준 셈이 되었음 또한

부정하기는 힘들다. 결국 그 호리병은 내 강박증 덕에, 지인이신 옻칠 선생에게 맡겨졌다 돌아와 지금은 반질반질 광택이 나는 예쁜 술병이 되어 있다. 그리고 나의 학위를 주신 것을 끝으로 갑자기 세상을 떠난 지도교수님의 먼 고향 묘소에 내려가 내가 문학관에서 만든 호리병으로 청주를 따른다. 언제까지 막막할지 알 수도 알 필요도 없을 문학의 길 속에서, 증평의 그 어느 날 밤보다 더 깊어진 내 다음 책을 아직도 없는 비석 대신 놓으러 다시 찾아올 것. 돌아보면 살아서나 떠나서나 늘 막막했던 길. 그런 은밀하고 소박한 일정을 평온히 짜는 날이 있었다.

집필실

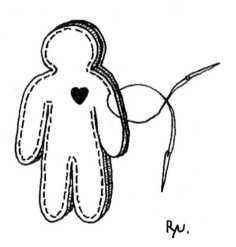

공
방

맹가미

열쇠집이 필요한 적이 있다. 집에서 나와 허름한 작업실에서 지내던 무렵, 여러 문짝을 전부 열쇠로 잠그고 다니던 때 쇠붙이 열쇠를 여러 개 가지고 다녀야 했기 때문이다. 그러던 때에 맞춰 당시 우연히 내게 가죽공예를 일일체험할 기회가 생겼더랬다. 당연한 얘기겠지만 처음 해 보는 사람들에게는 구조가 단순하고 만들기에 난이도 높은 기술이 필요하지 않으면서 실용적인 물건을 직접 제작해 보는 방식으로 체험이 이루어지게 마련이다. 그때 공방 사장님이 제시한 공예실습 결과물들로는 목걸이형 만년필집, 명함집, 카드지갑, 키파우치, 도장케이스 등이 있었는데 나는 이때다 싶어 키파우치를 선택했다. 막상 해 보니 내가 생각했던 것보다 훨씬 쉬웠고 허무하리만큼 금방 맘에 드는 물건이 완성되어 의기양양 집으로 가져와 그것을 십여 년이 지난 지금까지도 잘 사용하고 있다.

그리고 혼자 산이나 강에 가서 솔로캠핑을 하거나 부시크래프트를 연습할 때 내가 주로 쓰는 나이프의 휴대를 용이하게 하기 위해 가죽 칼집을 홍대 앞에 있었던 공방에 주문제작을 한 적도 있었다. 그때 그 공방의 이름이 '맹가미'였는데 그 질박한 이름만큼이나 공방 사장님이 만든 작품들이 가진 멋에 매료되어 몇십 분씩 서서 넋을 잃고 구경하기도 했다. 세월이 조금 흘러 그곳 사장님은 건강 문제로 공방을 접으셨고, 아들이 대를 이어 다음 공방을 하고는 있지만 인천으로 이전함으로써 홍대 앞의 그 공방은 이제 작은 추억으로만 남아 있다. 아버지인 당시 초대 사장님만큼이나 아들의 솜씨도 뛰어났지만, 가죽공예를 대하는 철학이 달랐던 모양인지 만드는 스타일에서 차이가 있음을 문외한인 내가 봐도 한눈에 알 수 있었다.

내가 직접 제작 체험도 해 보고 장인에게 주문제작을 맡겨 보기도 하고 직접 그런 물건들을 오래 사용해 보기도 하면서, 그때 내가 가죽공예에 대해 가졌던 견해는 이러했다. 깊이 들어가면 당연히 실력과 감각에 의해 차이야 생기겠지만 의외로 접근성도 좋고 그리 어렵지 않다는 것. 실용적이고 예쁜 물건을 내 손으로 상당히 많이 생산할 수 있겠다는 것. 하지만 그런 시스템을 구축하기 위해 필요한 장비와 예산이 너무 많이 들기 때문에 또한 쉽게 시작할 수도 없겠다는 것. 그 이후 나는 제작한 나이프 집을 산에서 잃어버렸지만 내가 만

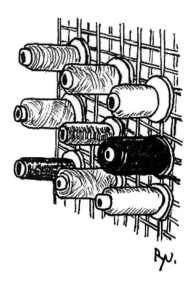

든 키파우치는 십여 년이 넘도록 잘 사용하는 중이다.
그러면서 물건 자체는 정말 별게 아님에도 실용적이면
서 미적으로도 좋은 데다 직접 만든 물건이라는 정체성
은 우리에게 사물에 대한 애정과 의미를 더 크게 부여
해 주는 성질이 있음을 느꼈다.

미니멀리즘으로부터

기호에 맞는 물건을 직접 만들어서 쓰고자 하는 생각이 사물에 대한 욕심의 차원이 아니라 단순하고 깔끔하게 살고자 하는 미니멀한 생활관에서 온다고 말하면 금방은 동의되지 않을 수도 있을 것이다. 하지만 나는 그것이 꽤 적절한 견해임과 동시에 지극히 자연스러운 일이라고 생각하는 편이다. 대상에 '의미'를 부여해 '사물'로서 대하고 재구성하고 사용하고 소비해 온 '사람'이 자신만을 위한 특별한 물건을 갖고 싶게 됨은 당연하다.

마트를 가건 백화점을 가건, 저렴하고 실용적인 물건을 구하건 값지고 아름다운 물건을 구하건 그것을 고르고 구입하는 과정은 결국 그것이 실용적으로나 취향 차원으로나 나에게 잘 맞는가, 가 기준이 되고 그것은 전 인류 중 한 사람도 완전히 공통되지 않을 것이다. 그래서 어딜 가도 물건이 넘쳐남에도 불구하고 취향에 가까운 것은 있을지라도 완벽히 부합하는 물건은 있기 힘들다. 내 발이 정확히 몇 mm라고 해서 그 해당 사이즈의 신발이 모두 내 발에 맞을 리도 없고 운 좋게 이상적으로 잘 맞는다고 해도 디자인이나 내 실용성 차원에서도 합당할 확률은 0에 끝없이 가깝기 때문인 것과 같다. 그래서 대체로 삶의 작은 것들에 애착을 갖기 시작하면, 또한 그것들이 '나'의 독자적인 삶을 만들어 간다는 인식을 실천하고픈 생각에 눈을 뜨면 필요한 물건을 유사한 범위의 선택권 안에서 '적당히' 고르는 것에서 끝나지 않는다. 그것이 주는 모종의 필연적인 불만족이 그다음 필연적 소비를 반드시 조장한다는 것을 경험을 통해 알고 있기 때문이다. 내가 '직접 만들어 쓰고자' 하는 욕망이 도리어 미니멀리즘적 생각에 기인한다는 견해에 동의한다고 한 이유가 여기에 있다.

도자기

보편적으로 사람들이 배우고 향유하는 문화생활이나 취미, 레저 등도 마치 사람의 성격처럼 유사성이나 지향점이 서로 겹치는 부류들이 있다. 그런 것들은 대개 관용적으로 자주 한데 묶여 다닌다. 기타를 취미로 오래 해 온 사람이 드럼이나 신시사이저도 잘 다룰 줄 아는 이가 꽤 있는 것과 마찬가지랄까. 다도를 배우며 한창 차에 매료되어 있던 시절 나는 수많은 차 선생님들이 다도에만 관심이 있지 않은 것을 보았는데, 이쪽 사람들은 주로 도예에 취미를 가진 사람이 많았고 그다음이 향도 혹은 전통무용 정도인 것 같았다. 서예나 동양화를 하시는 분도 꽤 되었다. 이상의 것들은 전통문화를 사랑한다는 특성과 동양적 미의 지향성 등에서 유사하긴 해도 다도와 유교문화 이외의 코드로서는 직접적 관련이 미미하기도 하다. 하지만 관련이 있으면서 상당히 많은 차인들이 관심을 가지고 있는 콘텐츠가 있는데 바로 '도자기'였다.

다도는 다기와 물을 필요로 하는 정신문화 콘텐츠인 만큼 도자기는 필수적이다. 또한 자신만의 스타일과 철학, 기호를 충족 혹은 표현하기 위해서 다채로운 다기를 사용하기도 하는 만큼 차생활을 배우면서 점점 개인에게 맞는 다기를 필요로 하게 되는 것 또한 자연스러운 수순이기도 하다. 이것이 사치스러운 수집의 차원이 아니면서도 개인의 소소한 기호를 충족시켜 줄 수 있게 하기 위해서 자신이 직접 도자기를 구워 만들 생각에 이르는 경우가 많은 것이다. 세상 모든 가치 있는 일들이 그렇겠지만 도자기도 매우 다채롭고 심오한 세계가 존재한다. 하지만 기본적으로 보통 사람도 몇 주에서 몇 개월만 연습하면 일단 자신이 쓸 도자기를 만들 정도의 기본은 갖출 수 있다. 게다가 부드러운 흙과

타오르는 불을 직접 다루며, 천천히 실생활에 필요하고 유익한 데다 아름답기까지 한 무언가를 스스로 생산할 수 있다는 그 특성이 매력적으로 다가오지 않기는 힘들 정도다.

차인연합회 다도 지도자과정 연수 때 나도 도자기 체험을 해 본 적이 있었다. 흙을 다뤄 본 경험이라곤 초등학교 미술시간 찰흙 조각 만들기를 해 본 게 전부이던 나는 큰 욕심을 부리지 않고 찻사발 하나를 물레 없이 주물러 모양을 잡는 방법으로 하나 만들어 보았다. 그때 나는 내 사발이 너무 실용적인 형태로 잘 구워져 나와서 한 번 놀랐고, 내가 바른 유약이 상상하지 못한 방식의 특이하고 아름다운 색채를 보여 주는 데에 두 번 놀랐다. 나는 물건이 아름답기만 할 뿐 아니라 실용적이기까지 할 때 비로소 진짜 아름답다고 느끼는데, 도자기가 딱 그런 범주의 하나로 느껴졌다. 심지어 다

공방

기의 경우 예술성을 가진 무형 자산을 재현하는 데 사용되기까지 하므로 어느 쪽으로나 아름다운 것이니, 미를 추구하게 되어 있는 사람의 본성상 도예란 매력적이지 않기는 힘들 것이란 생각이 들 만큼 몹시 인상적인 경험이었다.

미리 행복한 꿈

자신이 좋아하는 일에서 기인하고, 좋아하는 일을 더 잘할 수 있게 해 주는 기물을 제작할 수 있는 일을 하게 되면서 동시에 그 좋아하는 일을 함으로써 수익을 내며 생활할 수 있다면 어떨까. 대학 졸업자 중 자기가 하고 싶은 전공을 택한 사람이 전체의 반도 되지 않는 데다, 졸업 후 자신의 전공 분야와 관련된 일을 하는 사람 또한 대개 20%에도 미치지 못한다는 현실 속에서 얼마나 중요하고 소중한 일로 비칠 것인지는 자명하다. 물론 일부 극소수를 제외하면 경제적으로 안정을 이루기가 몹시 어려운 현실은 차치하고라도 말이다. 그래서 요즘 같은 시대에 공예를 직접 하는 사람들은 세 가지 차원에서 대단하다는 생각이 든다. 첫째로는 공방을 열 수 있는 여력이 있다는 것이고, 둘째로는 공방을 열 배짱이 있다는 것이고, 세 번째로는 생을 할애하여 직접 할 만큼 자신이 애착을 갖는 소중한 일이 있다는 것이다. 나는 그중 한 가지만 해당되더라도 좋겠다는 생각을 가지고, 언젠가는 나의 공방을 만들 꿈을 품고 있다. 글이라는 무형의 자산과 사물이라는 유형의 자산을 모두 가치 있게 생산할 수 있는 그런 삶의 꿈.

삶은 형체가 있다가 없는 것. 사물은 형체가 없다가 있는 것. 장소는 있다가 없는 삶이 없음에서 잠시 뭔가를 있게 하는 것, 이라고 나는 실체 없는 글로 여기 쓰면서 구체적으로 꿈꿔 본다. 도자기를 배우셨던, 존경하

공방

고 애정하는 한 선배 시인께서 직접 만들어 주신 찻잔
에 종종 정성된 차를 따라 마시면서, 나의 가죽 열쇠집
을 만지작거리면서, 좀 더 실체 있는 꿈에 대해 생각해
본다. 그런 곳이 있다면. 그럴 때면, 미리 조금은 행복할
수 있다.

RU.

공방

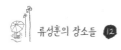

지
대
방

서울, 첫

　부산에서 유년의 전부를 살았던 내가 서울로 처음 온 것은 대학 입학 후 처음 학교를 가 보았을 때였다. 두 살 터울인 누나가 2년 먼저 서울로 올라와 1년 자취를 하고, 2년 후 내가 서울로 대학을 갈 것을 상정하고 아버지가 이듬해 서울로 전근 신청을 하시게 되어 우리 가족은 실질적으로 부산에 남아 있을 이유가 없어졌다. 그래서 어머니는 부산 집을 정리하고 홍제동에 첫 전셋집을 구해 들어갔고, 다음 해까지 혼자 부산에 남아 있던 내가 1년 후 가족을 쫓아 올라오는 모양새로 우리 가족의 서울 생활은 이루어지게 되었다.

비록 잠시였지만 그때는 살면서 가장 행복한 순간 중 하나였다. 둘뿐인 우리 남매가 대학 입학으로 서울 입성을 이룬 기념으로 나선 우리 가족은 첫 서울 나들이로 종로에 갔다. 나는 지금도 엊그제 같은 20여 년 전의 종로 풍경을 생생히 기억한다. 평생 부산·경남을 벗어나 본 적 없다가 처음 서울 도심의 밤을 보았던 때의 그 경외감 또한 잊히지 않는다. 나는 그날 탑골공원을 처음 보았고, 연말에 TV로만 보던 보신각도 처음 보았다. 이제 와서 회상하려니 물론 스스로가 다분히 촌스럽게 느껴지기도 한다.

성지

서울에서 최초로 놀러 가 본 곳이자 가장 인상 깊

었던 곳은 인사동이었다. 지금에야 서울의 유명한 볼거리이자 명소 중 하나로서 모르는 사람이 없는 곳임을 알아 다소 진부하기 이를 데 없긴 하지만 전통문화나 옛것에 관심이 많던 내겐 서울에서 한때 가장 흥미로운 곳이었다. 지금은 별로 남지 않았지만 도자기는 물론 고가구부터 옛날 돈까지 취급하는 골동품상들, 그리고 도심 속 수많은 전통찻집의 향토적이고 고즈넉한 분위기는 한때의 내게 오랫동안 특별하게 여겨져 왔다. 또한 예전 잠시나마 소프라노 색소폰을 배웠던 터라 낙원상가라는 국내 최대 규모의 악기상가가 있다는 특성까지 겹쳐 더욱 친밀하게 다가오기에 충분했고, 그곳 '허리우드극장'은 고 기형도 시인의 유해가 발견된 장소이기도 했다. 지금은 이전을 해서 원래의 모습이 사라져 버려 세월에 따라 향수나 본연의 의미가 줄어들기도 했지만, 천상병 시인을 기릴 수 있는 추억의 찻집인 '귀천'도 아직 남아 있다. 그런 면에서 우리 문학도들에게는 일종의 성지 역할도 했다.

그러던 중 서울시 관광명소를 소개하는 어떤 책사를 우연히 보았던 나는 당연하고도 자연스럽게 인사동에 대한 소개를 찾아보게 되었고 거기서 가장 갈 만한 좋은 찻집을 물색하다 한 곳을 발견했다. 그렇게 해서 알게 된, 처음에는 가족들과 가 보고 싶어 찾았다가 나중에는 주로 대학에서 사귄 동기 친구들과 자주 가게 되어 버린 곳이 있다. 사실 분위기가 좋고 아늑한 찻집은 많이 있지만 특정한 그곳 아니면 느낄 수 없는 독보적인 정서를 가지고 있으면서 꽤 오랜 헤리티지도 확보하고 있는 곳은 흔하지 않은데, 그곳이 그런 곳이었다. 사실 처음부터 그렇게 나름 유서 깊고 좋은 찻집인 줄까지 다 알고 간 것은 아니었지만, 알면 알수록, 가면 갈수록 더 정감 가는 특성 또한 분명 하루아침에 만들어지는 것은 아닐 터였고 나는 그곳을 누구의 추천 없이 용케도 찾아낸 내 안목에 스스로 혼자 뿌듯해하기도 했었다. 기형도

지대방

시인에게도, 후술할 대학 학풍에게도 별다른 관심이 없던 내게 순수하게 다가왔던 '지대방'은 지극히 개인적인 마음속 혼자만의 성지가 되어 갔고, 이는 지금도 그렇다.

선방의 불상처럼

마치 사찰의 한 부분이나 오래된 선방(禪房)과 같은 분위기의 지대방은, 애초 그런 분위기와는 무관하던 내 기호는 별개로 그들이 좋아하는 느낌에도 상당히 부합했던 것인지도 모르겠다. 조금 멀긴 하지만 우리는 신입생이던 때부터 그곳에서 자주 만났고, 모였고, 토론했고, 고민했고, 오열했고, 위로했고, 소비했다. 마치 아지트처럼, 특별한 장소를 가야 할 일이 아니라면 주로 그곳에서 만나 이야기하며 시간을 보낼 정도였다. 작가라는 말이 지금만큼 허황되고 무기력해진 시대도 없겠지만, 그 시절 문학을 전공하고 꿈꾸던 청년들에게 '작가'라는 말만큼 마음을 설레게 하는 말도 없었다. 나는 그 열정이 과연 순수했었는지에 대해서는 잘 모르겠지만, 뭔가에 맹목적으로 마음이 설렐 수 있었다는 점 하나는 분명한 순수였음을 안다.

추운 겨울날 서울에 올라온 후 처음 만나는 함박눈도 그곳에 앉아서 바라보았고, 태어나 처음 했던 소개팅으로 만난 인연과 첫 데이트 장소로 가기도 했고 대학에서 사귄 친구의 첫 실연을 그곳에서 위로하기도 했다. 어떤 글이 잘 쓴 것이고 어떤 글이 시류인지에 대한 저변 지식도 없는 상태에서 나는 당시 가장 친하던 친구와 함께 전공 수업시간에 쓴 졸작 몇 개를 건방지게 신춘문예에 투고해 놓은 후 마치 벌써 작가라도 된 양 그곳에 앉아 우리끼리 행복해하기도 했다. 작가가 된 이후의 미래를 함부로 꿈꾸기도 했고 학부 시절 배운 겨자씨만 한 얕은 지식 몇 줄로 서로의 문학 세계에 관

지대방

해 논쟁하기도 했다. 그렇게 뭘 몰라서 철없던 시절, 철없어서 용감하던 시절, 용감해서 무모하던 시절을 회고했을 때와 그때의 부끄러움을 우리는 흔히 '흑역사'라고 부른다고 했을 때, 우리는 그곳에서 우리의 흑역사를 한껏 써 내려가는 방식으로 조금씩 철이 들었다.

지금의 나는 '아는 게 힘'이라는 방식의 사고로 생을 살고는 있지만, 분명히 인생에는 '모르는 게 약'인 부분이 분명히 있다는 것도 지금은 안다. 흑역사란 뭘 몰랐던 만큼 행복할 수도 있던 어떤 시간에 대한 다른 이름이었음도 지금은 안다. 그렇게 경이로운 발견과, 설레는 인연들과, 또한 낯부끄러운 시간들과 지대방은 많은 시간을 함께했고 그 세월들을 선방의 불상처럼 곁에서 침묵하며 모두 보아 왔다.

오래 남아 있는 것

드물게도 지대방에는 낡은 한옥식 창호지 문을 열고 들어가는 아주 작은 쪽방 자리가 하나 있다. 찻상 자리 두 개가 전부인 그 단출한 자리 중에서도 안쪽을 나는 가장 좋아하고, 그곳에 갔을 때 다른 손님이 없다면 꼭 그 방에 들어가 있다 돌아오고는 한다. 그 방 안에는 이십여 년 전 서울에 처음 온 내가 관광명소 책자의 대표 사진에서 보았던, 나무뿌리를 깎아 만든 학 모양의 조각과 골동품 뒤주가 늘 그 자리를 지키고 있다. 그 왼쪽에는 차(茶)라고 전서체로 쓴 글씨 한 장, 오른쪽에는 수묵담채로 그린 부엉이 그림이 걸려 있는데, 그 배치는 한번도 변하지 않았다. 그 낡고 노란 방에 차 한잔과 함께 앉아 있으면 그때만큼은 멈춰진 시간 속에서 내가 어디를 어떻게 밟으며 여기까지 왔고, 내가 앞으로 무엇을 버리고 무엇을 취하며 나아갈지를 더 잘 생각할

지대방

수 있게 된다. 그리고 그런 지리멸렬해 온 삶에 대해 좀 더 따뜻한 방식으로 돌아보고 바라볼 수 있는 기회와 느낌을 휴식처럼 가져다준다.

이곳에서만 맛볼 수 있는, 하지만 시기를 잘 못 맞 추면 언제 다시 마실 수 있을지 기약 또한 없는 대용차, 사장님이 모두 직접 담그고 좋은 한약재가 모두 들어갔 다고 이름한 '모두다차'를 운 좋게 마시면서, 혹은 은은 한 옥빛의 '솔바람차'를 마시면서 간만에 소일하는 때. '사찰의 선방 옆에 딸려 있는, 스님들이 차를 마시거나 담소를 나누며 쉬기 위한 목적으로 만든 작은 방'이라 는 의미의 찻집 이름을 새삼 곱씹어 보면서, 그 '쉼'이 가끔은 내게 '늘'이 되었으면 좋겠다는 염치없는 생각도 해 본다. 여전히 염치없이 나이만 드는 나를, 그리고 수 없이 다녀가는 사람들을 같은 모습으로 돌부처처럼 묵 묵히 바라만 보는 오래된 찻집에서 나는 낡은 사람과 낡은 장소 중 누구를 더 사랑할지에 대해 난감한 고민을 해 본다. 나무뿌리 학과 그림 속 부엉이에게 인사를 하면서, 모두가 다녀갔지만 아무도 남아 있지 않은 곳에 나는 다시 앉는다. 그러곤 더 오래 남아 있는 것, 이라는 애매한 답만 정해 놓기로 한다.

고졸한 나무문을 열고, 우리의 옛날이 '어이' 하며 순진하고 부끄럽게 걸어오는 모습을 본다. 나는 누군가에게 더 오래 남기 위해 쓰는지도 모른다.

지대방

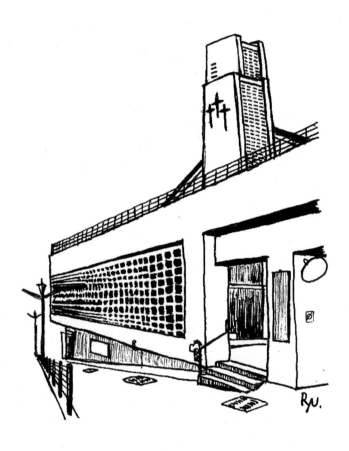

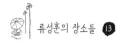

성당

크리스마스 선물

트리나 포올러스의《꽃들에게 희망을》(원제 Hope for the Flowers)과 쉘 실버스타인의《아낌없이 주는 나무》(원제 The Giving Tree)가 예부터 아동용 추천도서로 이름이 높은 것은 작금의 일만은 아니지만 여기엔 그다지 알려지지 않은 꽤 놀라운 사실이 있다. 이 두 책이 우리나라에 정식 번역본으로 출간된 것이 1999년경 시공사에 의해서였는데, 이미 그보다 20년도 훨씬 전인 1970년대에 분도출판사, 즉 경북 왜관에 소재한 성베네딕토수도회에서 운영하는 가톨릭출판사에서 이미 먼저 번역되어 국내에 소개되어 있었다는 사실이 그것이다. 현재 시공미디어에서 출간되고 있는 《꽃들에게 희망을》 완역본은 정식 출판본답게 인쇄 질이 뛰어나고 현시대의 책답게 깔끔하게 편집 및 정리가 이루어져 있다는 특징이 있다. 그런데 옛 분도출판사의 70년대 초판본을 보면 작가 트리나 포올러스 원본 삽화의 색상과 질감이 '원전'의 느낌 그대로 살아 있고, 원작의 활자가 타이핑이 아닌 작가의 친필로 되어 있다는 특징을 최대한 살리기 위해 한국어 손글씨로 전문이 재현되어 있다. 게다가 처음 구입 시에는 아예 부록 형태로 영어 원문을 진본 삽화와 함께 그대로 약식으로 수록한 소책자가 한 권 덤으로 끼워져 있기도 했다. 개인적이고 다소 주관적 소감이지만, 실버스타인의 《아낌없이 주는 나무》도 마찬가지로 원전의 느낌을 잘 살리고 있어 '날것'의 느낌을 더 잘 받을 수 있는 번역본은 또한 분도출판사 쪽이다. 이 두 명저는 내게 여러 가지 의미를 갖는데,

하나는 내가 아주 어렸을 적 엄마가 크리스마스 선물로 준, 생애 최초로 '선물 받은 책'이라는 것이다. 또 하나는 그 책들이 내가 태어나 처음 가 본 성당의 성물점에서 구해진 것이므로 내 성당에 대한 모든 추억의 시작점이라는 의미가 있다.

빨마 성물부

모든 종교는 세속을 넘은 고귀한 가르침의 실천을 통해 구원을 받고자 하는 움직임들이지만 결국은 사람이 모여 하는 것이므로 그 속에서 이뤄지는 타락과 비리에서 자유로울 수 없다. 그런 점에서 나는 가톨릭에 대해 맹목적으로 옹호할 생각이 전혀 없지만 그 가르침의 방식에는 매료될 수밖에 없는 가치가 있다고 생각한다. 문학이 슬픔을 표현하는 방식은 슬픔이라는 단어를 사용하지 않는 것에서 확장되고, 미술이 환희를 표현하는 방식은 표정을 그리지 않는 방식에서 비롯되며, 예수님이 신약에서 천국에 대해 설명할 때는 늘 비유에서 시작되듯이. 어쩌면 내가 문학적 가치가 가진 퍼텐셜을 본능적으로나마 직감한 시작점은 스무 살 이후의 대학 전공 강의실이 아니라 일곱 살 때 엄마와 함께한 성탄절 성물점에서였는지도 모른다.

《꽃들에게 희망을》에서는 두 애벌레가 이별하고, 《아낌없이 주는 나무》에서는 소년과 나무가 이별한다. 그러나 그 둘은 더욱 행복하게 다시 만나게 되는데, 그 힘의 원천은 명백하게 '사랑'이다. 그러나 그 두 책 어디에도 그런 단어는 없다. 이별 이후에도 계속되는 사랑. 죽음 이후에도 지속되는 사랑. 그것이 우리를 구원의 이름으로 다시 만나게 해 줄 것이라는 희망. 그 세계는 이전의 만남보다 훨씬 아름답고 성숙한 형태일 것을 약

속받는 믿음을 실감하면서 우리는 원죄의 몸뚱이 어느
한구석이나마 깨끗해지는 위안을 받는다. 세월이 지나,
한 시간 남짓의 주일미사 시간이 지겹고 지겨워 누이와
바깥으로 도망 나와 술래잡기를 하면서 엄마가 나오기
를 기다리던, 나이 든 소년의 손에 아직도 들려 있는 노

성당

란 책과 녹색 책은 여전히 철들지도 깨끗해지지도 않는 한 영혼을 같은 손길로 도닥이고 있다.

옛 빨마원, 이라 불리던 수녀회 성물점에서 언젠가의 당신에게 줄 묵주 팔찌를 사고 축복을 받으러 가면서, 모든 만남은 기억을 공유하는 일이며, 그러므로 그것은 서로를 구원하는 일이라는 논리를 세우고는 "곧다시 만나요", 외할머니의 납골함 앞에서 나는 의기양양했었다.

다시 만날 때까지

벌써 칠순이 넘은 엄마가 생일잔치에서 "늘 지금이 가장 행복하다"고 말했을 때 우리 온 가족이 그것에 크게 고개를 끄덕이면서도, 그렇게 끄덕일 수 있는 삶들에 감사하면서도 늘 마음속에는 어떤 돌아가고픈 시점이 반드시 존재하는 이유는 결국 우리 모두에게 닥칠 이별들 때문이겠지. 그런 점에서 믿음과 사랑과 희망이라는 개념이 우리 곁에 있다는 것을 아는 것보다 사람에게 더 큰 위안은 없을 것이다. 그것이 우리를 구원할 것이고, 언젠가 다시 만나게 할 것이고 반드시 이루어지듯이. 소년이 나무에게 돌아오듯이.

내가 태어난 곳에서 살던 시절, 엄마와 함께 처음으로 갔던 곳은 부산 대청동의 중앙성당이었고 두 책도 그곳에서 구한 것이었다. 초등학생이 되면서 우리 가족은 남천동으로 이사를 갔고 그때는 남천성당으로 본당을 옮겨 갔었다. 옛 부산교구의 본청이었던 중앙성당에서 본부를 남천성당으로 이전하면서 나의 기억 속 활기 있게 붐비던 모습은 사라지고 다소 고요하고 쓸쓸한 분위기로 남아 있지만, 중앙성당은 부산 중앙동, 대청동 일대 구 시가지와 함께 옛 모습 그대로를 아직도 간직하고 있다.

성당

'망각은 신이 인간에게 준 최고의 선물이다'라는 아직도 출처 모를 말을 다시 떠올린다. 그 말은 '잊을 수 있는 덕에 우리네 삶이 버틸 수 있다'는, 이승에 차고 넘치는 증거들을 지겹도록 보아 온 이를 통해 발화된 게 분명해 보인다. 그러나 우리의 영혼은 인식의 기억이 모여 형성된다는 것만 생각해도 그 말에 동의할 수 없는 이유 또한 차고 넘친다. 나는 이전의 나의 글에서 '망각'이 최고의 선물인지는 잘 모르겠지만 꽤 괜찮은 증여라는 생각이 든다고 표현했었다. 지금도 그 생각에는 변함이 없는데 망각이 필요한 곳에 적절히 사용될 좋은 선물일 수는 있어도 그것이 결코 우리의 축복일 수는 없다는 것이 지금의 내 결론이다. 내가 나를 잊지 않을 때, 내가 당신을 잊지 않을 때, 당신에게 내가 잊히지 않을 때 우리의 존재가 이곳에 살아 있음을 느낀다. 기억함이야말로 사랑의 시작일 것이다.

가끔 당신의 추모공원을 가듯 그곳을 찾아가면 나는 성당 마당에서 과거의 나를 생생히 만나고 오곤 한다. 나는 그곳에 남아 있는 유년의 나에게 어떤 의미를 본다기보다, 그곳에 내가 남아 있음을 기억함에 더 의미를 둔다. 기억은 우리가 살아 있게 하는 것. 그리고 사랑하게 하는 것. 그것이면 족한 것이다. 늙은 소년이 나무를 다시 찾아오는 마음으로. 더 이상 그 책들은 없지만 장소는 그대로인 빨마 성물부처럼, 의미가 늘 그곳에 있듯 나는 또 기억하러 갈 것이다. 기억은 자주 수많은 고통을 몰고 오지만, 그것과 점점 친해지면 모든 게 조금씩 부드러워지고 따뜻해진다는 것을 느끼는 요즘. 위로를 기억하는 방식으로 기억을 위로한다. 명절 새벽 위령미사에 류재중 바오로, 박근수 마리아, 박영봉, 지금자 네 이름을 접수하고 당일 새벽안개 속을 걸을 때. 미사 전 수많은 연령들의 존함 속에서 모두가 각자의 기억을 확인하며 제자리를 찾아갈 때. 그리고 수많은 사람들이 그 이름들에게 진심을 걸고 길고 긴 연도를 행할 때. 삶 이전이건 삶 이후이건, 내가 당신을 언젠가 반드시 다시 만날 수밖에 없는 이유가 늘 그곳에 있다.

Ry.

성당

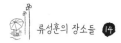

동
해

강릉

해안이 사라지고 있다. 우리는 언제나 저녁 하늘 아래서 평등하고 아련한 배기가스를 뿜으며 각자의 집으로 돌아가고, 불온하게 타는 노을을 이방인처럼 바라본다.

해안이 사라지고 있다. 저녁 뉴스에서 내가 등대 앞에 아득히 나가 한 해의 나와 앞으로의 나에게 많은 것을 다짐하던 장소를 본다. 당신이 나뭇가지로 이름을 쓰던 백사장도 사라졌고 내가 걸어갔던 횟집 앞길도 사라져 있다. 등대가 아니었으면 알아보지도 못했을 풍경들이 우리는 결코 사라지지 말자고 약속하던 단단한 새끼손가락만큼이나 길지도 않은 세월 속에서 허랑하게 무너져 있었다. 매일 오는 노을이 매일 잊히듯이, 사람들에게 해안은 매일 소비되었지만 기억되지는 않았다.

사람들이 사라지고 있다. 사람들은 바다 덕분에 찾아왔고 바다 때문에 떠나갔다. 그곳 사람들은 그들이 바다 덕에 살고 있었다곤 생각하지 않아도 바다 때문에 죽을 수도 있다곤 생각하는 것 같았다. 해안이 왜 없어지지? 우리는 보고 들은 만큼 쉽게 모자란 생각을 나누며 일제히 빙하를 떠올리곤 했다. 무너져 내리는 얼음. 뜨거워진 지구. 고도화된 산업을 뼛속까지 누리면서 그 실무자들은 죄악시하는 정의 놀이에 모두가 앞다투어 손을 올렸지만 모두가 뒷걸음질칠 수 없는 플라스틱 신발만 신은 채 서성이고 있었다.

해안이 사라지고 있다. 이곳에 방을 얻었으면 좋겠어, 같은 얘기를 아무렇지 않게, 해안이란 원래 사라져가는 거야, 같은 얘기를 함부로 떠들 수 있던 세월들이 가슴에 모래알만큼 많은 방을 비운 지금. 떠날 때를 미리 알려 주지 않는 인연처럼 그들은 다른 언어로 수차례 말해 왔겠지만 듣지 않은 것도, 망연한 것도, 보낸 것도 우리였다. 모두 보이지 않게 천천히 행해질 뿐. 아무도 그 속도를 볼 눈이 없었고, 그런 게 죄가 될 순 없지만 자랑일 수도 없어야 옳았다.

정동진

당신은 빠져 죽으러 처음 동해에 갔다고 했다. 투고한 글이 낙선했기 때문이라는 얘기를 듣고 나는 웃었고, 웃어서 두고두고 욕을 먹었다. 왜 비교할 수도 없는 절망 속의 삶이 얼마나 많은지를 아는 일은 개인적 상처 하나를 보듬는 일 앞에서 늘 아무것도 아니어야 했을까. 군 입대 직전, 당신이 죽으러 갔다던 그곳에 나는 내가 무사히 돌아오길 기원하기 위해, 그리고 그 후엔 뭐든 잘 해낼 거라는 희망을 가지러 왔었다는 얘기를 할 방법이 사라졌었다. 희망은 절망 앞에서 늘 유치하다는 식의 프레임 밖으로 한 발도 나가지 못하는 가치의 맞은편에서, 이해하는 쪽은 이해받는 쪽 앞에서 늘 무력하게 마련이었다. 이해받아야 하는 자 앞에서 이해해야 하는 자는 강자처럼 보인다는 점에서 사실은 늘 약자였다. 나는 끝없이 당신을 이해하려 했고 그것은 바다의 수위 상승이 화력발전소 폭증을 이해하려는 것처럼 부질없었다. 모든 해결되지 않는 문제는 '이해하려는 본질'과 '본질적으로 이해할 수 없는 것' 사이에 있고 후자는 스스로가 이해당해서는 안 된다는 의지를 가졌단 걸 알았다. 그것은 의지와 의지가 부딪히는 일이며

해안은 해안에게 해안을 내줄 뿐. 내게 그것은 체념의 강요에 가깝지 이해의 본질에선 한참 멀리 있었다. 당신은 그렇게 다시 동해에 갔고 동해로 떠난 자신의 모습에 빠져 죽기 위해 또 동해로 갈 것이다. 해안이 모두 사라지기 전에.

동해

추억을 쉽게 버리는 이들이 늘 추억을 더 잘 팔 수 있었고 이는 한번도 빗나간 적이 없었다. '인생을 물처럼 살라'는 투의 말은 최소한 내게 유연의 의미보다는 잠식의 의미였다. 그들에게 바다는 그런 의미에서만 추억이었으니 해안이 사라지기로 하기까지는 쉽지 않았다는 걸 나는 이해했다. 조가비는 조갯살에서 자라나지만 조개보다 훨씬 오래 살았다. 까맣게 탄화되어 부서져 내리는 가리비 껍데기를 걷어다 휴지통에 던져 넣고 그 살점을 양념장에 찍으며 우리는, 우리가 구워 먹은 바지락 하나보다 못하면서 껍데기 하나 짓지 못하는 우리에 대해 화려하게만 떠들어 대려 했다. 네가 술맛을 알아? 나는 아직도 술맛을 모르고, 영원히 모르고 싶은데. 너도 언젠가는…… 언젠가는, 언젠가는 언제일까. 기억하는 이는 추억하는 이 앞에서 늘 약자였고, 나는 아무것도 잊어버리지 못했다. 이것을 나는 새로운 슬픔이라고 부르고 싶다. 아픈 병보다 나쁜 것은 아프고 싶은

병. 너는 영원히 낫지 않을 것이다.

우리는 방식을 가졌지만 방법이 없었다. 멀찍이 치워진 파라솔처럼, 접힌 해안이 다시 펼쳐지는 일이 없듯이. 살려고도, 죽으려고도 가던 이들은 다시 가지 않는 곳. 그렇게 바다에게도 사람에게도 천천히 버려지는 해안이, 동해에는 있다 .

경포대

산곡풍이 넘어오는 곳에서, 산곡풍이 태어나는 곳으로 가자. 서로를 이해하지 않기로 하기 위해서는 서로를 이해하기 위한 부단한 노력이 전제된다는 것을 알기까지. 대개의 행복한 가족사가 그렇고 불행한 가족사 또한 그렇다는 것을 알기까지. 당신의 부족에 대해 궁금하기부터 더 이상 궁금하지 않게 되기까지. 우리의 발생학적 고향이 생물학적 고향을 되찾아 가기까지는 아직은 괜찮은 줄 알면서. 시간이 있는 자와 가망이 있는 자를 차마 나누지 못하면서. 파도가 끈적한 게거품을 뿜으며 시간을 집어삼키는 속도를 눈치채지도 못하면서. 당신이 도망치고, 도망에서 또 도망쳐 온 곳을 제자리라고 이름하면서, 그곳에서 바다를 모르는 다음 세대를 낳고, 책임지지 않을 고향에 대해 아련하게 말하는 법만 익혀 가면서. 그렇게 다음 세대로 나도 모르는 죄를 넘겨주면서 가자. 성공적인 워크숍을 위해 수십 명의 숙소를 예약하고 전세버스로 찾은 바다와, 아직 그곳에 있는 당신을 방파제에 떠밀려 찾은 바다와 270km가 넘는 해안선을 따라 밤잠도 없이 자전거로 훑으며 내려오던 바다가 다행히 같은 얼굴이 아닐 때. 구약의 하느님처럼 변덕지고 이기적인 파도를 보면서 만물에 대한 환상을 잃는 방식으로 나이가 들 때. 바다가 그곳에서 돌아오지 못한 무수한 사람들의 손을 내려놓

Ry.

지 못하던 이들에게 잊어야 할 시간이 온다는 것을 가
르칠 때처럼 새 노트 같은 아이들에게 모든 기억과 망
각이 가치 있을 순 없다는 걸 잔인하게 알려 줘야 할 때.
나는 아무것도 없다는 걸 알 때만 뒤돌아보는 놀이를
하고는 나보다 더 피로한 버스를 탄다.

동해

자전거길

남한강

　이포보에서 여주보를 지나 비내섬으로 이어지는 남한강 길에서 페달을 밟으며 나는 생각했다. 우리가 직접 해 보지 않으면 결코 알지 못하고 지나갈 수많은 것들에 대하여. 그리고 그게 무엇이든 직접 한다는 것이 얼마나 많은 여유와 용기와 시간과 끈기를 필요로 하는지에 대하여. 그래서 사람들이 여행을 좋아하고, 티브이로 경기 중계를 보는 것보다 직접 내가 공을 시원하게 치는 것을 좋아할 수밖에 없구나 하는 것을 좀 더 몸으로 체감하기도 했지만, 내가 그곳에서 본 건 그것과 온도가 조금 다른 부분이 있었다.

한강이 복판을 지나가는 서울에서 평생 살아온 사람도 대개는 한강의 진짜 모습을 볼 일이 없게 마련인데다, 여행을 가려 해도 해외를 가거나 지방의 이름난 관광지를 가는 쪽이 누구에게나 효율적일 것으로 기대되기에 우리의 강을 제대로 볼 기회는 현실적으로 거의 없다. 당시 나는 아무런 연습도 계획도 없이 자전거로 국토종주를 나서기로 했었고, 이 글을 쓰는 지금도 아직 그랜드슬램을 달성하진 못했지만 그 계획을 실천에 옮기기로 했던 것에 후회하지 않는다. 그 덕에 처음으로 한강의 상류를 보았고, 또한 매우 놀라운 경험들을 했기 때문이다. 나는 남한강을 자전거로 종주하면서 두 번을 놀랐다. 첫 번째는 우리의 한강이 그렇게까지 아름다운 강이었는지 감히 상상도 할 수 없었을 풍경들이 끝도 없이 펼쳐지는 모습을 본 것. 두 번째는 자전거 레저생활이 우리나라에 정착된 지 그리 오랜 세월이 지나지 않았음에도 국토종주 자전거길이 단시간 내에 얼마나 상당한 수준으로 잘 개발, 정비되어 있었는지를 본 것이다. 특히 남한강 자전거 종주길에서 이포보와 여주보가 있는 구간의 아름다움은 가히 백미였다.

이미 수많은 사람들의 추억이 되었을 그 잘 포장된 길을 새 책을 배우듯 힘내어 꾹 꾹 밟아 갈 때. 자전거도, 길도 가르쳐 주지 않았던 어떤 것을 자전거길은 내게 알려 주고 있었다. 가 본 길이라고 해서 함부로 말하지 않을 때, 가 본 적 없는 길이라고 또한 함부로 말하지 않을 때 비로소 진실은 아름다운 강처럼 우리에게 흘러올 것이고, 그게 우리가 어떤 길이든 신중하고 묵묵해야 할 이유일 것이다.

터널

사람들의 삶에 자전거라는 물건이 깊숙이 들어오게 된 역사는 상당히 오래되었다. 하지만 그것이 산업이나 생계수단의 도구가 아닌 건강과 여행을 아우르는 하나의 레저생활 콘텐츠로 완전히 자리 잡게 된 역사는 그리 길지 않다. 자전거는 업힐(오르막)을 가기에 역학상 불리한 조건을 가지고 있을 뿐, 인간의 발명품들 중 여러모로 에너지 효율을 가장 정점까지 끌어올려 사용할 수 있는 사물로 예부터 잘 알려져 있다. 수치로 환산하자면 도보로 갈 수 있는 거리를 자전거로 갈 때 같은 힘 대비 거의 10배 이상 먼 거리를 갈 수 있을 정도다. 그런 특성 덕에 자전거 타기는 사람들에게 꽤 먼 장거리 여행에다 지구력 유산소 운동이라는 두 마리 토끼를 잡을 수 있는 극히 매력적인 취미로 부족함이 없었기에 빠르게 정착할 수 있었던 것으로 보인다.

당시 나는 모든 장비를 갖춘 채 자전거를 멀리멀리 타고 다닐 만한 시간적·정신적 여유가 없었고, 남들을 따라 효율적으로 빠르고 멀리 갈 수 있는 더 좋은 자전거를 살 만한 여력은 더욱 없었다. 문학으로 먹고살 길을 열기 위해 등단이든 학위든 내가 할 수 있는 모든 것을 했지만, 등단도 학위도 내가 먹고살 수 있도록 만들어 주지는 않았다. 내가 문학을 사랑하기로 마음먹었어도, 남의 문학이건 나의 문학이건 나를 사랑해 줄 때는 오지 않을 것 같았다.

그때 나는 모 대학 평생교육원의 한 교육과정 담당 교직원으로 제의를 받았고, 나의 문학을 잠시 미루기로 한 채 그 일을 했다. 나는 생계를 위해 그 일을 했지만 그 일은 결코 내 생계를 책임져 주지 않았고, 그들이 나를 영입할 때의 입장과 나를 영입한 후의 입장은 완전히 바뀌어 있었다. 희망이란 이름 아래 굴욕적인 일

자전거길

만 도맡으며 나는 점점 더 하찮아져 갔다. 평생을 힘써 온 문학도 멀어지긴 쉽지만 한번 멀어지면 다시 가까워 지는 건 불가능에 가깝다는 것도 알았다. 내가 그곳에 서 아버지처럼 여겼던 교수에게 처음이자 마지막으로 고충을 털어놓았을 때, 그는 내게 "이젠 빨리 꿈에서 깨 라"는 식의 말을 했고 그들과의 모든 인연은 거기서 끝 이었다. 나는 문학에 아직 손이 닿을 때 다시 붙잡았고, 많은 기회를 놓쳤지만 아직 꿈 자체를 놓치지는 않았기 에 이 역시 후회하지 않는다. 본인들도 본인의 꿈을 꾸 기 위해 타인의 정성과 노동력을 이용하면서 남의 꿈은 헌신짝처럼 여기는 그런 이들과 계속 일한다면, 잘못은 그쪽이 아니라 도리어 나에게 있을지도 모르는 것이라 고 나는 생각했다.

나는 이후 다른 모 대학에 다시 임용되기 전까지 공백기를 가졌다. 시인으로서의 경력은 끊어지려 했고, 학위는 있지만 출강 커리어도 거의 쌓지 못한 데다 책한 권도 출간하지 못했던 때였다. 그저 이력서를 내고 떨어지기만 반복하며 인생의 황금기를 놓친 기분으로 버텨 내는, 나이까지 먹은 백수 생활. 그게 다행히 그리 길지는 않았지만, 맨정신으로 그런 시기를 빠져나가기는 쉽지 않았다.

그때 나는 벌어 놓은 돈 일부를 털어 꽤 괜찮은 자전거를 샀고 여름이고 겨울이고 밤마다 자전거길로 라이딩을 하러 나갔다. 어두운 밤에 달리는 한강 자전거길은 생각보다 안전했고, 거의 방해받지 않았고, 걸음보다 훨씬 빨라 주의를 집중해야 한다는 점에서 혼자 여러 가지 생각을 하기에 최적의 조건인 데다, 미래를 위해 내 체력을 준비할 수도 있었다. 나는 사람이 고독하고 힘든 시간을 보낼 때 본인의 시간을 어두운 터널에 비유하는 식의 발상이 그리 건강하거나 권장할 만한 것이라고 생각하진 않는다. 하지만 그때의 나는 그 마음속

자전거길

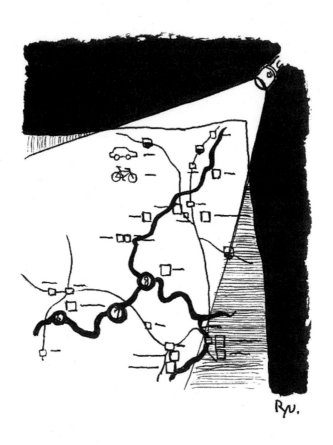

밤의 터널을 자력으로 최대한 빨리 빠져나가기 위해 정신적으로나 육체적으로나 힘을 쏟을 건전한 무언가가 필요했었다. 삶은 내가 무엇을 버티는지, 왜 버텨야만 하는 건지를 쉽게 가르쳐 주지 않았지만, 결국은 '버티는' 어떤 것의 총화라는 진실 하나만은 알게 되었다.

밤 열 시건 새벽 두 시건 페달을 밟으며 그 길고 긴 어두운 길을 힘차게 빠져나가기를 반복하면서, 나는 자연스럽게 전국 자전거길 종주를 생각했다. 국토교통부에서 제공하는 자전거길 지도를 펴고, 거리와 시간을 계산하고, 쉴 지점을 예상하고, 물과 초코바를 챙기고, 타이어 펑크 보강 키트를 구비한 다음 나는 새벽 네 시의 아라뱃길을 달렸다.

자전거길

더 큰 고독 속으로

작금의 나는 아직 스스로의 육체를 과신하는 경향이 있다. 무엇 때문인지는 나도 잘 모르겠지만 소심하고 유약하던 나의 20대에 비해 지금의 나는 성격도 더 과감하고 운동량도 더 많아 근력도 더 좋기 때문인지도 모른다. 그게 육체적으로 더 건강하다는 지표가 아니라는 것을 지금은 알지만, 그때는 젊음이 근력보다 지구력과 회복력에 더 많이 관련되어 있다는 것을 몰랐다. 그래서 나는 연습하지도, 염려하지도 않았다. 그저 스스로에게 뭔가 대견함을 느낄 만한, 그리고 이후의 삶에도 어떤 방식으로든 영향을 끼칠 만한 효과가 남는 뭔가를 갈구했고 지금 아니면 못 할 것이다, 라는 생각에 별로 마음의 여유가 없었다.

남한강과 북한강을 종주하면서, 훈련도 경험도 없었던 나는 체력 안배도 잘 못했고 시간 안배도 잘 못했다. 심지어 내가 산 자전거는 팻바이크라고, 어떤 길도 주행할 수 있는 튼튼한 물건이긴 했지만 장거리 여행에는 전혀 적합하지 않은 종류였다. 자전거길 어플이 다 나오기 전이어서 이정표를 몇 개 지나치는 바람에 한밤중에 산속에서 길을 몇 번이나 잃었고, 갑자기 튀어나온 들짐승과 함께 공포에 떨면서 계속 길을 가기도 했고, 그 때문에 도저히 사람이 자거나 씻을 수 있는 환경이 아닌 것 같은 기상천외한 숙박업소에 마지못해 들어 갔다가 제대로 쉬지도 못하고 한밤중에 다시 나오고 또 길을 잃은 채 아무 빛도 없는 길 수십 킬로미터를 방법도 없이 달리기도 했다. 댐과 가까운 어떤 길에서 자전거 라이트 앞 수백 미터 구간의 길바닥 표면이 보이지 않을 정도의 강도래 떼로 우글거리는 거짓말 같은 전경을 보고 망연자실하기도 했고, 길에게서 도망치다 도망치다 허벅지에 힘이 아예 들어가지 않는 상태가 된 채 비내섬 부근에서 사우나를 만나 허겁지겁 들어가 온탕에서 거의 실신하기도 했다.

　　모두 밤이 만들어 낸 정황들이었고 왜 그렇게 어둠 속에서 사서 고생을 했었는지 아직도 잘 모르겠다. 다만 내가 나를 3자 보듯 할 때 짐작할 수 있었던 건 그 막막한 시기를 이겨 내기 위해 어쩌면 나를 더 큰 고독 속으로 몰아넣고 싶었는지도 모를 일이었다는 것이다. 아무런 불빛도 사람도 없는, 멧돼지가 나타나도 하등 이상할 게 없을 강원도의 캄캄한 산길을 밤새워 달리다 동이 트는 것을 보았을 때, 나는 햇빛이 매일 돌아온다는 것 하나에 그렇게 감사해 본 적이 없었다. 그때 나는 어떤 뚜껑을 열기 위해 먼저 필요한 일은 일단 뚜껑을 닫는 일이라는 것을 알았다. 그렇게 내가 나의 뚜껑을 열었을 때, 다시 충주댐에서 탄금대까지, 이화령에서 낙동강까지 이어지는 아름다운 길들이 행군에서 관광으로 변하며 멀어져 가는 것을 보았다.

좀 더 고귀하게

아이와 어른의 차이는 여러 가지가 있겠지만 그중 내가 찾아낸 하나는, 어른에겐 더 이상 연습이 없다는 것이었다. 우리가 좀 더 고귀해지는 길은 뒤를 힐끔 돌아보지 않는 것. 장거리를 가기 위한 연습 한번 없었던 나는 다른 사람들보다 훨씬 고생을 했지만, 그 이후의 삶에서 나는 연습의 기회가 없을 것이라는 점에서 아직도 나는 그 짓들에 대해 후회하지 않는다. 나는 아직 완주하지 못한 채 이 글을 쓰고 있지만 또 어떤 스스로의 뚜껑을 열기 위한 이스터 에그가 있을지 몰라 다시금 페달을 밟기 시작할 것이다. 고속버스에 자전거를 싣고 통일전망대에서 고래불해수욕장을 지나 다시 새벽의 월송정에 도착하기까지, 동해안을 따라 내려오면서 추억을 공유하거나 공유하려 노력했던 여러 당신들과 스쳐 간 길들을 다시 만나면서, 언제까지고 연습할

자전거길

수 있을 거라 믿었던 철없는 삶들을 부끄럽게 떠나보내면서. 산과 들의 수많은 길들이 가진 아름다움은 사실 그것이 아름다워야 한다고 생각했던 고집과 의지는 아니었을까 의심해 보면서. 더 이상은 그곳에 있던 당신이 아닌, 한때 그곳에 있었던 나를 다시 만나러 갈 때를 기약하면서, 나는 좀 더 고귀하게 페달을 밟는 길을 강구할 것이다.

자전거길

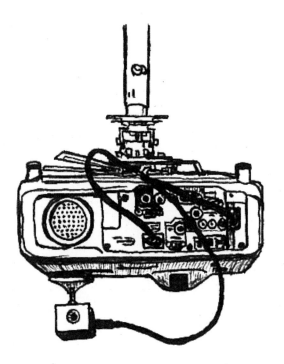

Ry.

교
실

해서도, 안 해서도

분수에 못 미치겠지만, 글 쓰는 일 외에도 여러 학생들 앞에 서는 일을 하게 된 이후 늘 갖는 의문이 있다. 내가 누군가에게 정말 뭔가를 가르친다는 것이 가능할까, 내가 교탁이 아니라 책상 쪽에 앉아 보낸 생 대부분의 시간 속에서 나는 교탁 쪽에 섰던 사람들에게 얼마만큼의 배움을 얻어 왔을까, '교육'이라는 말은 '가능'한 것일까, 같은 의문들이 그것이다. 솔직히 나는 어느 것도 잘 모르겠다.

아직은 경력이 일천하기 이를 데 없지만 나는 몇 년이나마 대학 문학/글쓰기 강의를 하면서 유의미한 교육의 방법을 위해 여러 가지 궁리를 지속해 오는 중이다. 그런 과정에서 교육은 필연적으로 이루어지는 것이고 반드시 필요한 것임에도 행정적 노력이나 교수자의 의지와는 무관하게, 어떤 발생학적 차원으로 읽히는 부분에 의해 성취된다는 것을 지속적으로 감지하고 있다. 즉 교육은 누군가가 시키는 것도 아니고 시킨다고 이루어지는 것도 아닌, 그저 개인에게 감지되는 여러 진실들이 모여 생기는 어떤 양상에 가깝다는 생각이 점점 견고해지는 것이다. 김명인 시인께서 동두천 미군부대 앞의 고아들을 가르치던 국어교사 시절의 경험담을 토대로 쓴 시 〈동두천 II(1979)〉 중, "끝끝내 가르치지 못한 남학생들과/ 아무것도 더 가르칠 것 없던 여학생들을" 이라는 구절에서 꿈틀대는 서정적 진실 또한 그와 같은 맥락에서가 아니면 해독이 불가해 보인다. 그것은 문장의 문학적 이해 아래 남학생과 여학생의 어떤 성향을 표현한 것이지 실제로 아무것도 가르치지 못했다거나 아무것도 가르칠 게 없었다는 뜻일 리는 당연히 만무하다. 20여 년 전 시를 공부하기 시작했을 때부터 늘 존경했던 이성복 시인께서 본인의 시학에서 밝히신 말씀들 중 "공부는 해서도 안 되지만 안 해서도 안 되는 거예요"라고 하신 부분도 요즘 자주 떠올린다. 세상 모든 무게감 있는 전언들은 대개 중의적이고 의미가 깊어서 늘 여러 가지로 읽힐 여지가 충분하게 마련이다. 하지만 그것을 굳이 좀 더 쉽게 풀이하자면 "공부는 꼭 노력으로 해서 깨닫는 차원의 것은 아니라는 점을 인정해야 하지만 노력하지 않아도 뭔가를 깨달을 수 있다는 차원은 더더욱 아니다"라는 정도로 가능할 것이고, 지금껏 나 또한 그 명제를 이렇게 이해하고 있다.

교실

모름의 방식

　예컨대 소통의 지평은 배움을 통해 모색된다. 그런데 궁극적으로 소통에 대해 이해를 돕기 위한 가장 중요한 진실은 '정확한 소통이란 환상이며, 애초에 불가능하다'라는 점에 대한 명확한 인식이 필요하다는 것이다. 랑시에르는 문학의 정치성에 대해 논할 때 그것에 대해 '불화'라는 용어를 통해 설명했는데 이는 공부에 대해 상기한 견해와도 맥을 같이한다. 공부나 소통 같은 것으론 우리가 앎이나 상호이해에 결코 도달할 수 없지만 그럼에도 불구하고 끊임없이 노력할 때, 그 순간만큼은 그에 가까운 우리의 세계와 영혼이 존립할 수 있다는 것. 내게 그것을 깨닫게 해 준 것은 공부를 통해서도 소통을 통해서도 아니었지만 역시 그 어느 쪽으로든 지속하지 않았다면 아무것도 몰랐을 것 또한 자명하다는 걸 느낀다. 교육이란 결국 그 점에 대해 납득해야 한다는 사실을 이해시키거나 알게끔 유도하지 않으면 영원히 수의적일 수 없을 것이라는 점에서 막막함이 남는다. 그래서 나는 학생들에게 공부를 안 하고 모르는 것보다는, 공부를 해서 모르는 방식을 택하는 쪽이 좋을 거라는 식으로 말하곤 한다.

나쁜 선생, 나쁜 시인

내가 문학을 감히 '가르치려'던 교실에 가끔 혼자 남아 생각한다. 개인적으로는 문학은 교육이 아니며, 교육일 수도 없다고 생각하는 쪽이다. '배움'은 최소한 내게는 효과보다는 징후에 훨씬 가까웠기 때문이다.

내가 학생들에게 문학에 대한 전공과목을 가르칠 때는 그런 시대적 오류를 범하지 않고 그들도 범하게 하지 않기 위해, 머릿속에서 어떤 발견을 하거나 명제가 서도 결코 장담하지 않는 태도와 모든 것을 의심하는 태도가 더 건강할 수 있을 거라는 식의 태도를 취하고 있다. 수사학이나 현대시론을 다룰 때는 학, 론, 같은 글자가 붙어 있는 모든 학문은 결코 암기과목이 아니며 정해진 방법 같은 건 없다는 입장을 취하고 있다. 문학사와 사조 등을 다룰 때는 그걸 배우는 이유인즉슨 지금 우리가 어디쯤 와 있는지를 확인하며 앞으로의 좋은 문학이란 어떤 모습이어야 할지를 각자가 가늠할 수 있게 하기 위해서, 라는 태도를 취하고 있다. 말로는 당연한 것 같지만 이를 실행에 옮겨 보면 스스로의 입장과 태도에 스스로를 일치시키기는 쉬운 일이 아니라는 것을 문학을 해 본 이들이나 강단에 서 본 이들 어느 쪽이건 잘 알 것이다. 대부분은 그런 내 입장에 대해 동의하고 좋은 반응을 보여 줬지만 그럼에도 여전히 반박하는 이들은 있었다. "그런 사고방식조차도 자신들을 옭아매는 개인의 아집이자 강요일 수도 있지 않느냐"는 일종의 순환논리를 펴는 그 몇몇 학생들 앞에서, 지금의 나는 그 이상 어떻게 해야 더욱 객관적일 수 있을지 모르겠다. 다만 이해할 준비가 되어 있지 않은 사람을 상대로 논쟁을 하는 것만큼 무의미한 것도 없다는 생각 또한 하고는 있다. 우리는 소통과 배움에 대해 늘 고민하려 하지 않는 사람에 대해 과감히 포기하는 것과, 몇몇 순수한 의문을 던지는 쪽에게 오만하지 않기 위해 끊임없이 삼갈 방법을 강구하는 쪽 중 어느 쪽이 더 미래를 위해 건강한 태도인지 또한 아직은 잘 모르겠다. 물론 언젠가 그런 부분에 대해서도 더 온화하고 확고하게 이해시킬 수 있는 방식이 서게 될 것이라고 믿고는 있다.

학부 시절 모 교수가 수업을 듣는 우리에게 "너희들은 저급한 작가가 되거나 고급 독자가 될 거다"라는 말을 했었다. 당시에는 그 말이 학자로서 표현하는 냉혹한 진실에 대한 것이라 믿었지만, 시간이 지나자 그건 진실도 아니고 냉정함은 더욱 아니었다는 걸 알았다.

세월이 지나, 언젠가의 내가 나쁜 선생이나마 될 수 있을지, 혹은 나쁜 시인이나마 될 수 있을지는 모르겠다. 하지만 좀 더 건강한 방식으로 진실을 공유할 수 있다는 믿음을 저버리지 않는 동안만큼은 나의 논지가 유효할 것이라 여기고 있다.

서문

몇 년 전, 고등학교 때 내게 문학의 꿈을 열어 주셨던 국어 선생님이 돌아가셨다는 소식을 들었다. 17여 년의 대학생활 동안 모셨던 지도교수님이 내게 학위를 주신 지 1년 만에 돌아가셨고 장례식 이후 아무도 찾아오지도 기억하지도 않는 충북 영동의 장지에 나는 몇 번을 갔다. 쓰자마자 지라시처럼 사라져 가는 내 글들을 써 내려가면서, 그렇게 씌어진 아무도 기억하지도 않을 것 같은 내 책을 묘지 앞에 묻어 놓으면서 나는 전부 다 무슨 소용인지를 생각하기도 했다.

월리엄 포크너는 〈서문〉에서 "사람의 마음을 북돋기 위해, 죽음을 물리치기 위해 쓴다"고 말했지만, 평생 시인이고자 했던 고교 은사님과 지도교수님은 과연 그들의 시를 통해 무엇이 북돋워졌을까. 앞으로 내가 나에게 가져야 할 의문과 가해야 할 반박만을 생각하며 아직 잔디도 덮이지 않은 언덕을 내려온다. 아무리 지긋지긋해도 떠나지 못한 곳에서, 마지막까지 혼자 남겨지는 것에 익숙한 삶 속에서 내가 교실을 통해 배운, 교실 밖에서 배운 교육에 대해 생각하면서. 영원히 모를 것들에 대하여 어떤 방식으로 모름을 인식할지 고민하던 곳들과 앞으로 고민할 곳들을 생각하면서. 다음 수업과 저녁식사와 취업 준비를 위해 학생들이 서둘러 떠난 강의실에 남아 오래오래 자료를 정리하는 척하며 슬

교실

금슬금 선생 흉내나 내고 있는 나를 바라본다.

승계되는 꿈들 앞에서, 살아 있는 나는 모든 나의
서문에 불과하다.

교실

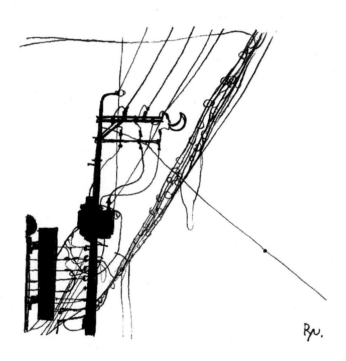

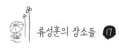
이곳

— 에필로그

　"왜 아직도 거기 있어?" 어느 날 당신이 묻는다. 비 오는 바닷가에 맨발로 서서 해파리처럼 우산을 받쳐 들고, 책상으로부터 그곳까지에 대해 추억을 거듭하는 삶. 그건 아직 그곳에 있고, 또한 영속될 것이다.

　내게 공상은 하늘이 준 가장 큰 행복이자 한때 내가 잘할 수 있는 유일한 장기였다. 그것이 과거에 머물면 추억이 되고, 미래에 머물면 근심이 되고, 지금에 머물면 글이 되는 것을 보았다. 잘하는 것이 일이 된 삶은 의외로 행복과 별 상관이 없다는 걸 알았지만, 잘할 수 없는 것이 일이 되기보다 불행하다고도 쉽게 말할 순 없었다. 공상 자체가 행복일 순 있어도 행복을 공상할 수는 없듯이, 나는 다만 일 같지 않은 일을, 일 같지 않게 할 때가 가장 행복할지도 모른다고 묵묵히 예상해 왔다.

나는 왜 아직도 거기 머물러 있을까? 아득히, 라는 말은 이젠 내게 멀어지는 정서가 아니라 가까워지는 진실이 되어 갔다. 글을 쓸수록 더욱 그랬다. 흔히 신이 인간에게 망각이라는 커다란 선물을 주었다고들 하지만 나는 그 망각을 포기하는 방식으로 새로운 행복을 찾으려 늘 궁리했으니, 꼭 행복해지지는 못하더라도 나는 인간의 잊지 않는 여러 가지 방식 중 한 가지를 얻게 되었다. 인간은 언어로 사유하고 이미지로 상상한다는 것은 알고 있었지만 공간으로 추억한다는 건 몰랐고 난 그걸 맨 나중에 깨닫게 되었다. 내가 인간으로서 별다른 결격 사유가 없이 살아왔다면 아마도 그 명제는 참일 것이다.

　당신과 함께였던 바다에 서서 비를 맞을 때 나는 그
곳에 과거의 나와 실연한 나를 두고 왔다. 젊은 엄마와
어린 누나와 함께 미 문화원 앞 전경대가 최루탄을 터
뜨리던 80년대의 부산 중앙성당 마당에 일곱 살의 나를
두고 오면서. 불안한 미래와 보장 없는 삶의 막막함에

　　　　　이곳 — 에필로그

짓눌린 채 아무도 없는 차가운 바닥에 도복 상의를 깔고 잠들던 옛 검도장 긴물 아래 성년 이전의 모든 나를 묻고 떠나오면서. 수많은 당신들이 떠나고, 새 가정을 꾸리고, 새 일터를 찾아가고, 때론 소식조차 끊기기도, 때론 세상을 먼저 떠나기도 하면서. 행복해서가 아니라 내가 할 수 있는 일이 그것뿐이었기에 나는 지금도 공상한다.

　공상하는 이곳. 사람의 얼굴이 시간의 얼굴을 떠난 자리에 끊임없이 내가 새길 수 있는 것은 고독과, 고독이 가진 생각과, 고독이 가진 생각의 갖가지 결들과, 고독이 가진 생각의 갖가지 결들이 보여 주는 삶의 형상. 고독이 가진 생각의 갖가지 결들이 보여 주는 삶의 형상을 통한 새로운 인식. 고독이 가진 생각의 갖가지 결들이 보여 주는 삶의 형상을 통한 새로운 인식에서 파생되는 우리에 대한 이해. 그 이해를 위한 노력은 우리가 시간을 더 소중히 쓰다듬도록 도울 것이고 시간이 우리를 더욱 소중하게 지나치도록 도울 것이다. 그렇게 믿는다. 소중함은 그렇게 믿는 이들만이 받는 선물이라는 것을 나는 종교를 통해 들었고, 문학을 통해 말했고, 그런 문학적 인식은 과학을 통해 증명되고 있다. 양자역학에서 말하는 확률파동에서처럼, 달은 우리가 달을 바라볼 때만 진정 달일 수 있는 것, 과 같은 문장이 성립하는 이곳. 그러므로 믿음이라는 것은 이제 진실의 차원이어야 옳을 것이다.

　빛조차 인식할 때와 그렇지 않을 때가 다른 확률로 반응하는 이곳에서, 떠난 자와 남은 자로 나뉘던 우리는 인식을 통해서 꼭 다시 만날 것이고 우리의 공간은 추억을 통해 꼭 다시 만날 것이다. 그때가 오면 더 이상 과거도 미래도 없고 오직 유구한 현재만 남을 것이다. 이후 '언제'보다 '어디'가 더 중요한 우리의 심상은 모든 장소로부터 시작되는 것. 내가 어디에 있건 항상 있다면 언제든 만날 수 있는 것. 바로 이 '곳'에서. 다만 조금 더 높은 확률로 행복한 얼굴을 하고 그곳과 그곳의 나에게 안부를 물을 수 있기를. 공상되는 나와 물리적인 나를 다시 만나게 할 그곳으로 이제 이곳에서부터 갈 것. 아니, 그곳은 인식을 추억하고 추억을 인식하는 자에게 웃으며 저 먼 심우주로부터 찾아올 것이다. 빛이 인식하는 자에게만 빛이듯이. 그러므로 행복이라는 것은 이제 과학적인 것이어야 옳다. 당신의 모든 장소에서 당신을 추억하며, 나는 나의 다음 세계에서 옛 당신을 새롭게 만날 것이다.

찻잔을 두고 문을 나선다.

다시 만날 때까지, 나는 어디에서도 떠난 적이 없다.

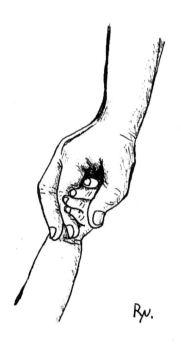

Ry.

이곳 — 에필로그

류성훈 산문집
The Places

장소들—장소에 관한 산문시